ANTONIO CARLOS VILELA

Ilustrações
ÉRICO PERETI

LELÉ DA CUCA, Detetive Especial

Adquirido pela Prefeitura
de Santana do Parnaíba (SP)
e pela Fundação Luís Eduardo Magalhães

4ª edição

Copyright © Antonio Carlos Vilela, 1999

Editor: ROGÉRIO GASTALDO
Assistentes editoriais: ELAINE CRISTINA DEL NERO
ELOÍSA DA SILVA ARAGÃO
NAIR HITOMI KAYO
Secretária editorial: ROSILAINE REIS DA SILVA
Preparação de originais: ALEXANDRA CARDOSO DE ALMEIDA
Suplemento de trabalho: MÁRCIA GARCIA
Coordenação de revisão: LIVIA MARIA GIORGIO
Gerência de arte: NAIR DE MEDEIROS BARBOSA
Supervisão de arte: VAGNER CASTRO DOS SANTOS
Diagramação: ANGELICE MARIA TAIOQUE
Produção gráfica: ROGÉRIO STRELCIUC
Impressão e acabamento: FORMA CERTA

Dados Internacionais de Catalogação na Publicação (CIP)
(Câmara Brasileira do Livro, SP, Brasil)

Vilela, Antonio Carlos
  Lelé da Cuca, detetive especial / Antonio Carlos Vilela ; ilustrações Érico Pereti. — 4. ed. — São Paulo : Saraiva, 2009. — (Jabuti)

  ISBN 978-85-02-07959-5

  1. Literatura infantojuvenil I. Pereti, Érico. II. Título. III. Série.

99-2603   CDD-028.5

Índices para catálogo sistemático:
1. Literatura infantojuvenil 028.5
2. Literatura juvenil 028.5

Avenida das Nações Unidas, 7221 – Pinheiros
CEP 05425-902 – São Paulo – SP
Tel.: (0xx11) 4003-3061
www.coletivoleitor.com.br
atendimento@aticascipione.com.br

10ª tiragem, 2022

Todos os direitos reservados à SARAIVA Educação S.A.

CL: 810028
CAE: 571331

1

— **O**lha, a Malu! — disse Lelé a seu amigo Caco. Malu vinha pelo corredor da escola. Ela conversava com uma amiga sobre qualquer coisa. Ria muito, mostrando os dentes lindos e balançando os cabelos pretos.

— Oi... — disse Lelé quando ela passou ao seu lado. Mas a menina não deve ter ouvido, pois passou reto, sem reparar nele.

— Olha, o Bola... — disse Caco.

Bola, da mesma idade que Lelé, Caco e Malu (12 anos, todos na mesma classe), estava entre dois garotos mais velhos, que o ficavam jogando de um para o outro, com empurrões bem fortes. Apesar desse apelido, Bola não era gordo. Fanático por futebol, sempre que encontrava os amigos convidava: "E aí, vamos jogar bola?".

— Ele precisa de ajuda — disse Lelé, puxando Caco pela camiseta.

— Sei não... Esses caras aí são do mal — respondeu Caco sem se mexer.

— O Bola é nosso amigo! — gritou Lelé, puxando-o com mais força e aproximando-se do grupo.

Ouvindo o grito de Lelé, os dois "grandões" voltaram-se para eles.

Ratão, o mais invocado, soltou Bola e virou-se para Lelé.

— Eu não te perguntei nada! Cai fora!

Com os olhões arregalados de medo, Caco começou a dar uns passos para trás. Lelé se adiantou e puxou Bola pelo braço.

— Tá certo, estamos indo — Lelé disse, enquanto tentava tirar Bola do meio deles.

Ratão riu e puxou Bola com força pelo outro braço, e depois o empurrou para cima de Lelé. Desequilibrados, os dois caíram, um por cima do outro.

— Ih, olha as meninas, namorando no meio do corredor! — gritou Ratão.

Malu, que estava a uma certa distância, olhou por causa do grito e riu da cena. Isso enfureceu Lelé, que levantou num pulo e se jogou sobre Ratão, mas foi imobilizado facilmente, seguro pelos braços. Canela, o outro grandão, disparou um soco na barriga de Lelé, que caiu sentado, com dificuldade para respirar.

— Sujou, "bróder" — avisou Ratão. — Olha o Seu Hilário. Vamos nessa.

Enquanto o bedel se aproximava e Lelé tentava recuperar o fôlego, Bola ajudou-o a se levantar. Ofegante, o garoto olhou novamente para Malu, que já não ria. Parecendo assustada, ela desviou o rosto e se afastou quando seu olhar cruzou com o de Lelé.

— O que aconteceu aqui? — perguntou Seu Hilário.

— Tive um ataque de asma — disse Lelé.

— Isso é grave. Vamos para a secretaria — disse o bedel, sem acreditar.

— Não precisa, já estou melhor.

— Asma é coisa séria. Vamos lá.

Rindo, Bola deu uns tapinhas nas costas de Lelé.

— Valeu, meu irmão — disse, agradecido.

— Valeu o quê, garoto? Vá para sua aula — mandou Hilário.

4

2

Já de noite, Lelé sentado à mesa da cozinha, diante de um prato de frango xadrez. A comida ficou lá, esquecida, enquanto ele relia a aventura de Sherlock Holmes, *Um estudo em vermelho*. Doutor, o cão labrador amarelo, estava deitado embaixo da mesa.

Seu pai entrou em casa quando já passava de nove horas.

— Oi! — o pai cumprimentou. — E sua mãe?

— Avisou que vai demorar — respondeu Lelé, sem tirar os olhos do livro. — Está fazendo um trabalho para a faculdade na casa da Marineide.

Contrariado com a notícia, o pai se abaixou para beijá-lo. Ao ver o que Lelé estava lendo, forçou uma risada.

— Ainda não decorou esse livro? Deve ser a quinta vez que o está lendo.

— Ainda não — respondeu Lelé. — Na verdade, é a oitava vez. Mas só estou relendo as partes instrutivas.

— O que tem para comer? — perguntou o pai. — Não gosto de cachorro dentro de casa — disse, ao ver Doutor.

— Eu pedi comida chinesa — respondeu Lelé, ainda sem levantar os olhos. — Está no micro-ondas. E o Doutor não é um cachorro comum.

— Frango xadrez de novo? — reclamou o pai. — Qual a vantagem de ser casado? É faculdade de manhã, estágio à tarde e casa de amiga à noite...

— Pelo menos ela chega tarde porque está estudando, e não jogando sinuca — disse Lelé, meio rispidamente.

— Quê? — o pai foi pego de surpresa pelo comentário.

5

— Desculpe, o pensamento veio tão rápido que não pude segurar.

— Agora você é adivinho? Como soube que estive jogando sinuca? Faz tanto tempo que não jogo... É melhor me dizer logo os números da próxima Sena.

Como se estivesse chateado por ter de explicar algo tão óbvio, Lelé fechou o livro bufando e encarou o pai.

— Não se trata de adivinhação, mas simples observação e dedução. De longe vi a mancha azul no bolso da sua calça, feita pelo giz de sinuca quando você encosta na mesa. Sua mão esquerda está suja de giz branco entre o polegar e o indicador, que é onde você apoia o taco. Quando se abaixou para me cumprimentar, pude sentir seu hálito de uísque falsificado, que é o que se bebe, provavelmente, nessas espeluncas. Finalmente, o mau humor com que chegou sugere que perdeu o jogo e até uma certa quantia de dinheiro.

Marcelo, o pai, ficou alguns instantes de boca aberta, espantado com o filho.

— Na verdade, foram só alguns trocados. Quem perde paga o tempo de mesa. Eu não aposto — respondeu o pai, quando conseguiu falar.

Rosa, a mãe, chegou um pouco depois das dez da noite. Na sala, enquanto Marcelo dormia diante da TV, Lelé lia *O manual do detetive*.

— Oi! Desculpem o atraso — disse Rosa, fechando a porta. — E o que você está fazendo acordado, menino? — ela bronqueou em tom de brincadeira.

— Estava esperando você — Lelé respondeu, sorrindo e levantando-se para beijá-la.

Os dois, mãe e filho, abraçaram-se no meio da sala.

— Já não preciso me abaixar para beijar você! — disse Rosa, com uma lágrima de saudade na voz. — Agora, já para a cama.

— Eu preciso falar com você — pediu Lelé.
— Na cama. Vá se deitando que eu já vou lá.

Lelé estava deitado, fazendo anotações em um caderno, quando a mãe entrou. Doutor mordia um brinquedo de borracha ao pé da cama.

— Você sabe que não quero que o cachorro durma aqui.
— Ele fica no chão — respondeu Lelé, colocando o caderno de lado.
— Como foi seu dia? — perguntou a mãe, sorrindo.

Lelé levantou os ombros e fez uma careta.
— Tudo bem, acho.
— O que você queria conversar comigo? — ela perguntou, num tom de voz doce que só as mães conseguem expressar.
— Os caras, o Bola e o Caco, combinaram de ir ao *Shopping* quarta à tarde. Posso ir com eles?

Rosa perdeu o sorriso e o tom doce.
— Mas já? — Foi sua reação.
— Como "já"? — perguntou Lelé.
— Você nunca saiu sozinho! — Ela estava chocada.
— Não é sozinho, eu vou com os caras!
— E o que vocês vão fazer lá?
— Não sei direito, por quê?

De repente, Rosa se levantou.
— Depois a gente conversa. — Ela se abaixou e deu-lhe um beijo. — Boa-noite.

Depois que a mãe saiu, Lelé voltou a abrir o caderno:

Diário Investigativo do detetive Marcelo Tranqüili Filho
28 de março, quarta-feira
Caso nº 1

7

O signo dos dois
Os suspeitos Ratão e Canela são definitivamente culpados. Preciso elaborar plano para pegá-los.

Caso nº 2
A Srta. Maria de Lurdes
Queria ser amigo da Malu. Gostei das poucas vezes que conversamos. Me senti de um jeito diferente do que quando converso com outras meninas. Por mim, ficaria conversando com ela durante um tempão. Será que isso é amor? A Janice, que senta na minha frente, já tem namorado. E não é o primeiro. Dizem que na festa do Ratão — que eu não fui, porque da sexta série ele só convidou as meninas — ela ficou com três caras! Na mesma festa! Estão dizendo que ela é rodada. Mas eu converso com a Janice todos os dias, e ela parece legal.

3

Lelé sentou-se ao lado de Malu, numa mureta baixinha. No meio do pátio, Bola jogava bola com outros colegas.

— Oi! — ele disse, enquanto, com cuidado, tirava o squish com suco da mochila.

— Oi! — Malu sorriu com aqueles olhões negros.

— Vai aí? — Lelé ofereceu, mostrando o x-salada que comprara na cantina da escola. Não era todo dia que comia assim, mas correra muito na aula de educação física por causa do teste de aptidão e estava com fome.

— Obrigada — ela acenou negativamente com a cabeça, e os cachos negros balançaram como serpentina no carnaval.

Lelé, segurando o sanduíche com as duas mãos, ficou ali parado, de boca aberta, enfeitiçado por Malu.

— Que foi? — ela sorriu novamente, mostrando os belos dentes brancos.

Mas antes que ele respondesse, uma sombra entrou na frente do sol. Na verdade, duas sombras: Ratão e Canela.

— Já que você não vai comer mesmo, eu fico com o lanche — disse Ratão, tomando-lhe o x-salada.

— Ei! — Lelé protestou, levantando-se e pulando em Ratão, que tirou o corpo do caminho, deixando só o pé. Lelé esparramou-se no chão.

Canela aproveitou para pegar o *squish* e tomar um gole.

— Ô, carinha, este suco de laranja tá passado! — ele reclamou após provar um gole.

— Então me devolve. — Lelé se ergueu.

— Ué, você não é valente? Vem pegar!

Mas quando Lelé correu para Canela, ele arremessou a garrafinha para Ratão, passando-lhe nova rasteira. Ratão abriu a boca cheia de x-salada para dar uma gargalhada.

— Ô, Ratão — começou Malu —, pra que isso?

— Esse cara deu uma de valentão com a gente. Se você não aguenta ver, cai fora.

Assustada, Malu se levantou e foi saindo de perto. Lelé, aproveitando a distração do outro, levantou-se e deu-lhe um soco no estômago. Ratão engasgou com o sanduíche e caiu de joelhos, tossindo e tentando respirar.

Canela, vindo por trás, soltou um chute na coxa de Lelé, que caiu gemendo de dor. Ratão se aproximou e jogou o restante do suco de laranja no rosto e no peito de Lelé, manchando sua camiseta.

— O Seu Hilário tá chegando aí — avisou Canela.

— Vamos nessa!

Ratão hesitou, mas o amigo o puxou e ele saiu de perto de Lelé. Antes, contudo, enfiou o que sobrava do sanduíche dentro da mochila de Lelé, dando uns tapões nela para que a maionese se espalhasse entre os livros e os cadernos.

<u>Diário Investigativo do detetive Marcelo Tranqüili Filho</u>
<u>29 de março, quinta-feira</u>
Caso nº 1
O signo dos dois
Tenho de usar a cabeça. Realmente, a força não serve contra esses dois: eles são maiores, mais fortes e em maior número. Se pelo menos o Caco e o Bola me ajudassem. Mas o Caco é um medroso, e o Bola só quer jogar futebol. Preciso pensar. Enquanto isso, vou me afastar deles e não aceitar provocações.

Caso nº 2
A Srta. Maria de Lurdes
Estava começando a conversar com a Malu quando aqueles palhaços fizeram o que fizeram. O pior é que depois, na aula de matemática, ela veio me dizer o seguinte:
— Lelé, você é muito violento! Eles estavam brincando e você já saiu socando o Ratão!
— Brincando?! — Eu não acreditei no que ouvi!
— Ah, tá certo que era uma brincadeira meio forte, mas não era para você querer brigar.
Fiquei de boca aberta, mas entendi a Malu. Se ela ficasse mal com o Ratão, nunca mais seria convidada para as festas da oitava série.

Caso nº 3
O chinês misterioso

11

Um acontecimento estranho me ajudou a concluir que o caso nº 1 não poderia ser resolvido usando a força — como, aliás, nenhum caso.

Voltando da escola, fui até uma academia de kung-fu por onde eu passo sempre. Fiquei ali parado, olhando o letreiro: ACADEMIA GARRA DE TIGRE. KUNG-FU SHAO LIN. DEFESA PESSOAL. NUNCHACO.

Resolvi entrar. A academia estava vazia, a não ser por uma moça ruiva, baixinha e agitada.

— Oi! — ela cumprimentou. — Pode se sentar. — Apontou a cadeira em frente a uma mesinha.

Sentei, e ela fez o mesmo.

— Você quer informações sobre kung-fu? — ela perguntou. Disse que sim com a cabeça, e ela disparou a matraquear. Falou dos benefícios do esporte, de como o kung-fu não apenas é excelente para a autodefesa, como também é ótimo para desenvolver corpo, mente e espírito. Estava toda entusiasmada, falando, quando entrou na sala um velho chinês. (Ou japonês, sei lá! Mas deveria ser chinês, já que estávamos numa academia de kung-fu.)

— Oi! — ele nos cumprimentou, e falando com a ruivinha: — Você pega lá para mim?

— Claro! — ela disse, e olhando para mim: — Já volto.

Levantei-me e fui espiar as fotos de luta pregadas num quadro na outra parede.

— Então, você quer aprender a lutar? — perguntou o chinês, aproximando-se.

Olhei para ele, encolhendo os ombros. Já tinha certa idade, e ficava parado com as pernas afastadas e os joelhos arqueados. Os braços, cruzados sobre o peito. Seu rosto carregava um sorriso que exprimia a confiança dos grandes lutadores.

— Você andou apanhando e quer aprender a se defender? — insistiu o chinês.
— Uau! você é bom em deduções — eu disse, e pensei: "quase tão bom quanto eu".
— A vida ensina a entender as pessoas. Você está mancando, o rosto arranhado... e tem mais suco de laranja na camiseta que o normal, para a sua idade. Além disso, nove entre dez garotos que entram aqui estão querendo ir à forra com alguém.
— E conseguem? — perguntei.
— Conseguem apanhar mais. O menino faz algumas aulas, já acha que é Bruce Lee... desculpe, acho que você conhece mais é o Jackie Chan... ou o Van Damme.
— Pra que serve kung-fu, então?
— Boa pergunta — o chinês sorriu. — Serve para muita coisa, menos para puxar briga. Sempre vai existir alguém mais forte ou mais preparado que você.
— Mas vão existir os menos preparados também — eu insisti.
— Qual a vantagem de vencê-los? Lutar com os mais fracos é covardia, e com os mais fortes é burrice — falou o chinês.
— Pra que serve a luta, então?
— Sua pergunta já é parte da resposta. Uma arte marcial deve deixá-lo pronto para não lutar, para lhe dar segurança suficiente para não aceitar provocações. Enfim, serve para você se dominar, sabendo que poderia lutar se necessário, mas que isso é inútil. De qualquer forma, são necessários anos de prática para que você se torne um iniciante. E depois que inventaram as armas de fogo, lutar pode ser até perigoso.
— Então é melhor eu arrumar logo um revólver!
O chinês sorriu.

13

— Aí o inimigo arruma fuzil, você vem com metralhadora, ele com canhão... Corrida armamentista. Já provou que não funciona. Quando você estiver pronto, a solução aparece.

— E como eu faço para ficar "pronto"? — perguntei.

— Sua primeira batalha é com você mesmo. Mas não lute. Estude-se e compreenda-se e será vitorioso. Depois, estude e compreenda seus inimigos, e também será vitorioso. Lembre-se: estudar e compreender, até que a solução apareça.

A ruivinha entrou carregando umas roupas, que entregou ao chinês.

— O Mestre tem uma apresentação domingo. Você traz o quimono, engomado, no sábado?

Ele respondeu afirmativamente, fez uma reverência oriental para mim (que respondi, todo desajeitado) e se retirou.

— Ele não é o mestre da academia? — perguntei.

— Não — a ruivinha riu. — Ele é o japonês da lavanderia. — E então? — ela perguntou. — Vai fazer a matrícula?

Olhei para a porta, por onde aquele homem saíra, e olhei de novo para a moça. Já não estava tão entusiasmado.

— Preciso falar com meus pais, antes — respondi, e fui embora.

4

*E*ntre uma aula e outra, enquanto a professora de português não chegava, Lelé olhava para Malu e pensava: "Eu sei que preciso fazer alguma coisa... mas o quê? Eu chego nela e falo 'quer namorar comigo?' Ela vai achar que fiquei doido. Todo mundo vai achar. E eu não posso nem chegar perto dela que aqueles dois panacas vêm zoar comigo...".

Nesse momento, Hilário, o bedel, entrou na sala, olhou um papelzinho que estava em sua mão e chamou:

— Janice, Carlos (o Caco), Marcos (o Bola), Pedro Santos, João Carlos e Marcelo Tranqüili... Venham comigo.

Enquanto Hilário esperava que os alunos chamados se levantassem e saíssem, os outros se divertiam à custa deles, gritando:

— Ih, esses não voltam mais!

— Olha a retenção!

Hilário, normalmente um velhinho tranquilo, tentou impor respeito, elevando a voz:

— Quietos! Aguardem a professora em silêncio!

Mas ninguém lhe deu atenção. Continuaram a gritar e a assobiar até que Giovanna, a professora-carrasca, chegou. A classe tremeu e silenciou.

— Professora — começou Hilário —, o diretor Miller pediu que eu levasse esses alunos.

— Hum, hum! — ela fez. — Leve também aqueles dois. — apontou alunos da primeira fila, que ainda riam.

— E notifique os pais que eles não sabem se portar em classe.

Indignados, os dois perderam o sorriso na mesma hora, mas não reclamaram, pois sabiam que isso só iria piorar a situação.

Descendente de alemães, o professor Miller era um homem baixinho, gordo, com poucos fios de cabelo loiro cobrindo a careca sardenta. As grandes bochechas cor-de-rosa caíam do rosto, fazendo-o parecer um buldogue.

15

Sempre usava as calças muito altas, por cima de toda a grande barriga, o que o fazia ainda menor. Miller tinha dificuldade para respirar, porque sempre precisava tomar fôlego antes de falar qualquer coisa. Os alunos chamados estavam de pé, em frente a sua mesa.

— A Srta. Janice — ele chiou — reclamou que alguém escreveu "besteiras" indecentes na carteira dela. Os senhores — ele se dirigiu aos meninos (como sempre, era muito formal) — sentam-se ao redor dela. Gostaria que o responsável se apresentasse. Do contrário, todos ficarão retidos nos próximos quatro sábados.

Os garotos se entreolharam, assustados, e depois olharam para Janice que, envergonhada, desviou o rosto para a janela.

— Por acaso — Miller falava com ela —, a senhorita não dá motivos a seus colegas para que façam esses comentários, dá?

Por causa de problemas dos pais, Janice perdera um ano letivo em outra escola. Era, portanto, mais velha que o restante da turma. Já tinha o corpo mais definido e, claro, os meninos falavam a respeito. Além disso, tinha aquela história da festa do Ratão. Ela ficou vermelha, quase roxa, e negou com a cabeça.

— E então? — Miller encarou os garotos e, como ninguém se manifestasse, concluiu: — Bom, vou pedir à Dona Maria para redigir os comunicados de suspensão a seus pais.

Bola e Caco bufaram. Pedrinho começou a chorar. Janice olhou para eles, pedindo desculpas com os olhos.

— Professor... — Lelé começou.

— O senhor quer me falar alguma coisa?

— Quero. Imagino que a Janice não tenha visto quem escreveu.

17

— Exatamente — ele confirmou.

— Bom, isso quer dizer que quem escreveu as "besteiras" fez isso quando ela não estava na carteira, correto?

— Correto. — Miller chiou e se recostou na cadeira, impaciente.

— Ora — disse Lelé —, se ela não estava na carteira, era recreio. Portanto, nenhum de nós estava sentado "ao redor dela". A classe estava vazia! Qualquer aluno pode ter voltado e escrito em sua carteira. Até mesmo algum de outra sala! O senhor pode perguntar ao bedel...

— Fiscal de alunos — corrigiu Miller.

— O senhor pode perguntar ao fiscal de alunos — continuou Lelé —, ou à faxineira, quem entrou na nossa classe durante o recreio.

— O senhor está querendo me ensinar meu serviço? — chispou Miller.

Lelé não respondeu, embora tivesse vontade de falar "alguém precisa pensar pelo senhor!". Contrariado, Miller pensou, bufou, bateu com os dedos na mesa e depois mandou os alunos de volta à classe.

No corredor, Bola dava pulinhos de alegria.

— Esse é o meu amigo! — ele dizia. — Desmontou o Miller!

— Desculpe, gente — Janice pediu, envergonhada. — Eu fui reclamar com a Dona Maria, mas não sabia que o Miller iria chamar logo vocês!

Lelé sorriu para ela, tranqüilizando-a. Ao chegarem na classe, Giovanna, a professora-monstro, não os deixou entrar. Essa era a última aula do dia. Mas eles precisavam esperar para pegar o material e ir para casa.

— Você deixa eu ver o que escreveram? — Lelé perguntou para Janice. Ela concordou.

Após a aula, Lelé sentou-se na carteira dela e leu os rabiscos que quase lhe roubaram quatro sábados. Eram "elogios" pesados, misturados a palavrões.

— Hum, hum — fez Lelé, tirando uma lente de aumento de sua mochila. Com a lente, examinou bem de perto as inscrições. — Ah, eu sabia — murmurou. Depois pegou uma régua, fez medições na carteira e também no próprio pulso. Bola, Janice e Caco entreolhavam-se, tentando entender o que estava acontecendo. Lelé declarou:

— Foi o Celso!

Todos se espantaram. O Celso?! O cara era quieto, tão quieto que muitas vezes os outros se esqueciam de que ele fazia parte da classe.

— O Celso? — Janice estranhou. — Ele nem me conhece... Nunca falou comigo.

— No entanto, ele parece gostar de você. E esta é a forma que ele conseguiu usar para se expressar — explicou Lelé, pensando que ele mesmo não sabia como se expressar no caso da Malu.

— Mas como você sabe que foi ele? — perguntou Bola.

— Essas "coisas" estão escritas a caneta. Pela posição das letras, reparem como estão inclinadas para a esquerda, a pessoa se sentou para escrever. Um pouco abaixo das palavras, há riscos recentes no verniz.

Bola se inclinou e olhou bem de perto.

— E daí? — perguntou. — Quase não dá para ver esses risquinhos.

— Mas eles dizem mais que as besteiras. Quem escreveu isso na sua carteira — Lelé disse para Janice — é destro e usa relógio no pulso direito. A pulseira do relógio arranhou o verniz da carteira enquanto ele escrevia. Dos quatro caras que usam relógio no braço direito, dois são canhotos. Restam, portanto, o Celso e o Jairo.

— Ah, então foi o Jairo — disseram Bola e Caco.

— O Jairo seria o palpite natural, por ser um sujeito desbocado e indisciplinado — disse Lelé.

— Ih, mano — riu Bola —, agora você falou igual ao Miller.

— Mas — Lelé ignorou o comentário —, eu não trabalho com palpites. Os arranhões no verniz estão, em média, a 11 centímetros das letras. O Jairo é um cara grande, alto e com mãos que parecem patas. Ele deixaria marcas a uns 13 ou 14 centímetros das letras. Mas o Celso é baixinho e tem braços curtos. Não há dúvida. Além disso, ele se senta na penúltima fileira, de onde pode observar a Janice durante toda a aula. — Lelé virou-se para a colega. — Talvez ele goste de você e, como é muito tímido ("ou, como eu, não sabe o que fazer", pensou Lelé), foi ficando angustiado por estar sempre olhando para você, veio aqui e escreveu isso.

Nesse momento, Hilário, o bedel, entrou na sala.

— Ei, vocês aí! Vão fazer hora extra hoje? — o velhinho perguntou, lá da porta.

— Seu Hilário — Lelé perguntou —, por favor, alguém voltou para a sala durante o recreio?

— O professor Miller já me perguntou isso. Eu disse que muitos alunos voltam, geralmente para pegar algo que esqueceram na classe. Que eu tenha visto no recreio hoje, voltaram a Marta, o Alexandre, a Melina e o Celso.

— Aí está — disse Lelé. — Caso concluído.

— E o que eu faço agora? — perguntou Janice.

— Provavelmente, amanhã, o Miller vai chamar o Alexandre e o Celso. Ele não conseguiria supor que pudesse ser uma das meninas.

— E por que elas fariam isso?
— Por inveja, despeito, preconceito, porque você é mais velha. Mas não foi nenhuma delas. Nós já sabemos disso. Então, Janice, é melhor você falar com o Celso logo cedo, dizer que você sabe que foi ele que escreveu, não gostou e quer que ele nunca mais faça isso. E mais: diga também que, se o Miller o chamar, junto com o Alexandre, ele deve assumir a culpa. Não é justo que o Alex fique retido no sábado.

Diário Investigativo do detetive Marcelo Tranqüili Filho
Observação: Como posso saber tanto a respeito dos outros e não saber o que fazer comigo mesmo?

5

*L*elé fechou seu diário investigativo e foi se arrumar. Não iria almoçar. "Como qualquer coisa no *Shopping*", pensou. No terminal, ele se informou e pegou o ônibus Jardim Miriam, que passava atrás do *Shopping* Ibirapuera. Lá, foi para a porta do cinema, conforme o combinado, esperar os amigos. Primeiro chegou o Caco. Dali a pouco chegou o Bola com o Pedrinho.
— E aí? — cumprimenta Bola. — Que que a gente faz? Eu queria mesmo era ter ido pra aquela praça perto de casa bater uma bolinha...
— Ué, vamos descolar umas gatas — disse Pedrinho.
— Até parece... — debochou Caco.
— Ih, olha lá — avisou Bola.
Ratão e Canela vinham andando pelo corredor. Estavam longe e ainda não tinham visto os quatro amigos.

— Vamos andando — disse Lelé. — Esses caras não saem do meu pé.

Eles entraram no outro corredor e subiram pela escada rolante.

— Vamos nos dividir — disse o Pedrinho. — É mais fácil encontrar meninas andando de duas que de quatro.

— É claro, porque andando de quatro não seriam meninas... — disse Lelé. — Seriam éguas.

Bola riu, mas Pedrinho não gostou.

— Eu e o Bola ficamos juntos, vocês dois são a outra dupla. Daqui a uma hora a gente se encontra no Sander's. Vamos ver quem leva a gata mais chocante.

Logo estavam, Lelé e Caco, andando pelos corredores do *Shopping*. Lelé preferia ter ficado com o Bola. Ele sabia conversar com uma garota. Já o Caco... "Ele é mais bobo que eu", pensou Lelé. "O Pedrinho é malandro, mas não gosto dele. Fico com vergonha das coisas que ele fala para as meninas."

Perdido em seus pensamentos, Lelé nem estava reparando nas gatas. Até que Caco disse:

— Parece até excursão do colégio no *Shopping*. Primeiro aqueles dois e agora elas!

Dentro de uma loja de roupas estavam Regina e Malu. Malu se olhava no espelho enquanto a outra dava palpites. O coração de Lelé deu um pulo.

— Malu... — ele sussurrou, caminhando lentamente para a porta da loja. A menina parecia estar num filme em câmera lenta: o modo como se observava, os comentários que ele não ouvia, os risos, o cabelo preto balançando quando ela se movia...

— Malu! — gritou, bem alto, uma voz atrás dele. Era Ratão, que se aproximara sem Lelé perceber.

Com o grito, não só Malu, mas todas as vendedoras da loja voltaram-se para eles. Ratão se abaixou, puxou as calças de Lelé para baixo e, com um giro de corpo, saiu da frente da loja. Quando todos aqueles olhos finalmente chegaram a Lelé, ele estava sozinho, com as calças meio arriadas. Desesperado, ele as puxou para cima ao mesmo tempo em que tentava correr, sumir dali. Uma vendedora balançou a cabeça, desaprovando a atitude. Outra riu. As demais não deram mais que meio segundo de atenção ao fato. Malu e Regina olhavam, espantadas, para Lelé, que, atrapalhado com as calças, acabou caindo no meio do corredor. Conseguindo enfim se levantar, Lelé tentou recompor suas roupas, mas, com a violência do puxão, o botão da calça arrebentara e ele não conseguia encontrá-lo. Caco, afinal, puxou-o para o corredor de serviço e levou-o para o banheiro. Lelé estava com o rosto vermelho e andava de um lado para outro.

— Esses caras... Droga... A Malu... — ele não conseguia falar. Sempre que começava, tinha a impressão de que, se tentasse, começaria a chorar. Seu corpo todo tremia. Ele mal conseguia ficar de pé.

— Ô, cara — disse Caco —, lava o rosto para se acalmar.

Mas Lelé se sentou numa privada e ficou ali, com a cabeça latejante apoiada nas mãos. Um homem entrou no banheiro e perguntou:

— Tudo bem com você? Está passando mal?

Lelé negou com a cabeça.

— Ele está legal — disse Caco. — Só está um pouco nervoso porque... — ele não sabia o que dizer — ele perdeu dinheiro.

— Ah, bom — fez o homem. — Isso acontece. Quer um trocado para voltar para casa?

— Não precisa — respondeu Caco. — Eu empresto para ele. Obrigado.

Lelé ergueu a cabeça. Estava mais calmo. O Caco era um bom amigo. Levantou-se, molhou o rosto e a nuca, enxugou-se e saíram do banheiro.

— Agora a calça fica caindo... — ele comentou.

— Vou ter que ficar segurando.

— Ponha as mãos nos bolsos — disse Caco. — É mais fácil de segurar.

Lelé, que já não estava muito animado a "descolar umas gatas", depois do incidente perdeu completamente o entusiasmo. Os dois resolveram ir logo para o *Sander's*.

Caco ainda disse, parecendo estar contando uma grande vantagem:

— Depois, quando eles chegarem, nós já vamos ter comido!

"E daí?", pensou Lelé.

Antes mesmo de os sanduíches deles ficarem prontos, Bola e Pedrinho chegaram com duas garotas, parecendo ser da mesma idade que eles.

— Oi, cara, você por aqui? — cumprimentou Pedrinho, piscando um olho.

— E aí? — disse Lelé.

— Por que vocês não sentam com a gente? — convidou Caco.

— Vai ficar meio apertado — respondeu Bola.

Os quatro sentaram-se logo adiante. Caco e Lelé comiam observando a mesa dos amigos. Eles, mais as meninas, pareciam estar se divertindo bastante. Elas riam de jogar a cabeça para trás. Lelé pensou que talvez fosse melhor ele ser amigo de "palhaços" como o Pedrinho. Parecia dar mais resultado.

Lelé e Caco terminaram de comer e foram embora sem nem se despedirem.

— Bom, eu preciso pegar o ônibus na rua de cima — disse Lelé.

— Ah, o meu passa aqui na Ibirapuera mesmo — respondeu Caco.

— Até segunda, então.

— O Bola está falando em jogar futebol amanhã — lembrou Caco.

— Tá bom. A gente se fala.

Enquanto se dirigia ao ponto de ônibus, Lelé ia pensando no que lhe acontecera durante a tarde: "Por que eu não fiquei em casa? Parece brincadeira! E de mau gosto. Encontro Malu no *Shopping* e aqueles caras me aprontam uma daquelas! Preciso parar de me enganar. Não sou grande coisa, não sou detetive, nada. Nem homem! Por que não consigo simplesmente falar com uma garota? O Pedrinho e o Bola descolaram duas gatinhas em menos de cinco minutos. Só de pensar em falar com uma menina que eu não conheço já fico nervoso. E as que eu conheço? Como eu faço para a Malu gostar de mim?".

— Meu ônibus!

Lelé viu o Jardim Miriam já saindo do ponto quando se pôs a correr e a sinalizar para o motorista, que deu uma paradinha para ele subir.

— Obrigado! — disse Lelé.

Ainda havia alguns lugares vazios. Lelé se sentou e voltou a mergulhar nos seus pensamentos, achando que era o único garoto de 12 anos sentindo-se inseguro, infeliz e desajeitado.

"Eu sei que não sou o único cara de 12 anos que se sente assim" (ah, bom, então ele não acha isso!), mas não quero ser igual ao Caco... ou ao Celso, que só consegue

falar com mulher escrevendo bobagem na carteira! E esse apelido? Lelé? Quem vai me levar a sério assim?

Então, Lelé (desculpe, Marcelo) teve aquela corrente de ideias negativas sobre si mesmo interrompida por uma voz estridente, realmente irritante, vinda do banco de trás.

— Ah, menina, aquele bebê é um saco! Chora o tempo todo! Grita que é um horror. Como vou fazer meu serviço assim? Fui contratada para ser doméstica, não babá! Babá ganha muito mais. Preciso conversar com a Dona Sílvia!

"Essa mulher precisa é de um controle de graves e agudos", pensou Lelé. "Que voz horrível!" Voltando à realidade, percebeu que o ônibus estava passando por lugares que ele nunca tinha visto antes.

— Num tem jeito, menina — a moça continuou a guinchar —, quando ele começa a chorar e gritar, só colocando para dormir.

— E como você consegue? — perguntou a outra, com voz delicada, até. — Essa criança deve ter cólica.

— Ah — guinchou a outra —, eu abro o gás do fogão e deixo ele cheirar um pouquinho. Logo ele começa a dormir.

Lelé deu um pulo. "Deixa o garoto cheirar gás?! Essa mulher está louca! E acho que peguei o ônibus errado. Mas preciso saber quem é essa assassina."

Ele se levantou e olhou para trás. No banco posterior havia duas moças, talvez com 17 ou 18 anos. Uma negra e a outra loira-falsa.

"São bem bonitinhas, até. Mas como vou saber qual delas é a criminosa?"

— Por favor — Lelé se dirigiu a elas —, este ônibus passa na estação Santa Cruz do metrô?

27

A loira fez uma careta de deboche. Só faltou dizer "que burro!".

— Não! Você está do lado errado — respondeu a outra garota, com sua voz delicada. — O Santa Cruz é este ônibus mesmo, só que na volta. Você precisa descer e pegar ele do outro lado da avenida.

— Obrigado — Lelé agradeceu e continuou parado, olhando para a loira e perguntando-se o que fazer.

— Que é garoto? — ela guinchou. — Nunca viu, não? Vai se raspando daqui!

Assustado, Lelé puxou a campainha e foi para a porta de saída. Ainda ouviu:

— Cê ganhou um fã, menina!
— De bebê já estou cheia!

Diário Investigativo do detetive Marcelo Tranqüili Filho
Caso nº 4
A loira assassina
Características físicas:
Loira (falsa), aparentando 17, 18 anos, cabelo levemente ondulado, curto (na altura do queixo), repartido do lado esquerdo. Rosto redondo, nariz arrebitado e olhos castanhos. A cabeça estava um palmo acima do encosto do banco, o que indica altura de 1,60-1,65 m. Pequena pinta preta no meio da bochecha direita, na altura da boca.
Vestia minissaia jeans e camiseta branca com estampa.
Estava no ônibus Jardim Miriam entre 16h20min e 16h40min, após o Shopping Ibirapuera, acompanhada de uma moça.
Outros: voz estridente.
Caso: disse que trabalhava de doméstica para uma certa Dona Sílvia, cujo bebê chora muito. Para fazê-lo

dormir, abre o gás do fogão e "deixa" que ele respire até adormecer.

— Droga! — disse Lelé, jogando a caneta longe. — Eu devia ter continuado no ônibus para ver onde ela descia! Como posso ter cometido dois erros grosseiros na mesma tarde?

"Bom, pelo menos, foi o primeiro erro — tomar o ônibus errado — que me fez conhecer o caso da loira."

Já eram dez da noite, e Lelé, de pijamas, estivera fazendo anotações em seu *diário investigativo*. Sua mãe entrou no quarto para lhe desejar boa-noite. Lelé aproveitou para contar o que acontecera quando ele pegou o ônibus errado.

— Coitada dessa mãe! — exclamou, horrorizada.

— Você não acha que a gente devia fazer alguma coisa? — perguntou Lelé.

— Fazer o quê? A gente nem sabe onde essa pessoa mora. Mas não se preocupe. A mãe da criança logo vai descobrir o que está acontecendo. Boa noite.

6

Sábado. Lelé voltou para casa no fim do dia. Já estava quase escuro. Jogara futebol a tarde toda com os amigos. Embora não tivesse comentado com eles sobre a loira assassina, o caso não lhe saía da cabeça.

— Até que enfim você chegou! — ralhou o pai. — Esqueceu que hoje é aniversário da Silmara? O Ari vai estar lá. Você vai gostar de conversar com ele.

— Rá! — fez Lelé. — Ele é uma vergonha para a classe.

Explicaçãozinha necessária: Silmara é irmã de Marcelo-pai. Casada com Gilberto, advogado.

Assim que chegou, Lelé procurou Ari, o primo agente da Polícia Federal. Após ouvir o caso da loira, ele balançou a cabeça, colocando uma empadinha na boca.

— É... a gente acha que já viu tudo... — disse com a boca cheia, deixando Lelé ver alguns pedaços do salgadinho —, mas sempre aparece um maluco com alguma novidade.

Os dois ficaram um segundo olhando-se, sem dizer nada. Lelé esperava que Ari começasse a investigar imediatamente, saindo da festa naquele instante.

— E aí, o que a gente vai fazer? — Lelé perguntou, quando percebeu que o primo não ia se mexer.

Ari colocou uma coxinha na boca antes de responder:
— Nada.
— Nada? O nenê não está em risco?
— Hum... Isso aí é jurisdição da Polícia Civil. — Dessa vez, um pedacinho de frango caiu no chão, e Lelé ficou com nojo de Ari.

— Eu vou pegar uma cerveja — ele disse, saindo de perto do garoto.

"Não acredito que as pessoas fiquem sabendo que a vida de um nenê está em perigo e ninguém faça nada! Primeiro minha mãe, e agora um oficial da lei!", pensou Lelé.

Pegou um enroladinho de salsicha e foi andando pelo quintal. Alguns primos menores brincavam de pega-pega. Lelé nunca curtiu esse tipo de brincadeira. Sempre se achou meio estranho.

— Lelé, venha cá! — chamou a mãe.

Ela estava conversando com duas primas e uma irmã. Lelé ainda pensou em fugir, mas, quando percebeu, estava rodeado por mulheres: "que gracinha!", "já está um homenzinho!", "como ele cresceu!", "ai, que saudade de quando ele era um bebê gordinho!". Depois de alguns minutos de sofrimento, ele foi salvo pela prima Sabrina, que tinha a mesma idade dele.

— Vem Lelé, vamos brincar! — disse a garota, puxando-o pelo braço.

— Espere aí, Sabrina — disse a mãe dela. — Nós estamos conversando com ele!

— Corre! — disse a prima.

Correndo, eles chegaram aos fundos do quintal e se esconderam atrás da lavanderia, rindo muito.

— Obrigado! — disse Lelé.

— Nossa! Será que elas não crescem? É sempre a mesma conversa. Não sei como você aguenta o papo delas!

— Eu não sabia como escapar!

— Era só sair correndo. Vantagem de se ter 12 anos. Vem, vamos brincar — Sabrina disse, puxando-o pelo braço para dentro da lavanderia.

— Sei lá... não sou muito de brincar — Lelé respondeu.

— Você parece um velho!

Lá dentro estavam Marina, irmã mais velha (13 anos) de Sabrina, e Ângela, amiga das duas.

— A brincadeira é assim: nós nos sentamos em círculo e o primeiro gira a garrafa. Para quem a garrafa apontar, quem girou tem que dar um beijo.

As três meninas riram. Parecia que alguma coisa estava combinada.

— Qual o objetivo do jogo? — perguntou Lelé.

As garotas riram de novo, sem responder. Todas concordaram que Lelé deveria ser o primeiro. Sentado no chão, ele girou a garrafa... e ela parou apontando para

Marina. Lelé ficou parado, olhando para sua prima mais velha.

— Vai, Lelé! Vai, bobo! — as outras soltaram gritinhos. Marina apenas sorriu.

— Ih, ele mudou de cor! — soltou Ângela, e as outras riram.

Lelé já estava vermelho e, com esse comentário, ficou roxo. Ele abriu a boca para falar, mas o ar não saiu e os lábios secaram.

— Vai logo, Lelé! — Sabrina estava impaciente.

Então Lelé se colocou de quatro e foi engatinhando até a prima. Marina fechou os olhos e colocou o rosto para frente, abrindo os lábios. Lelé tentou engolir a saliva que sua boca ressecada não tinha. Engasgou e quase tossiu na cara da prima. Afinal, ele se adiantou e estalou um beijo na bochecha de Marina.

— Ah... — fizeram as outras.

Marina abriu os olhos, com o sorriso murchando em seu rosto. Lelé voltou ao seu lugar.

— Minha vez! — gritou Sabrina.

— Não é da Marina? — perguntou Lelé.

— O que você sabe? — disse Sabrina, pegando a garrafa. Ela girou... muito fraquinho, o suficiente para apontar para Lelé. Todas riram novamente.

Sabrina foi engatinhando até o primo e aproximou seu rosto do dele. Lelé virou a cabeça, oferecendo-lhe o rosto. Sabrina segurou — firme! — seu queixo com a mão, puxou-o para frente e colou seus lábios nos de Lelé. Tudo foi tão rápido que ele não soube o que fazer. A sensação era boa... "Humm", ele pensou, "a priminha está caprichando..."

— Mas você é minha prima! — exclamou Lelé, afastando a cabeça e levantando-se.

— E daí? — ela perguntou, parecendo estar com raiva.

Lelé ficou um tempo em pânico, olhando de uma para outra, sem saber o que fazer.

— Você parece um bebê! — Sabrina gritou.

Então ele saiu correndo, sem olhar para trás. "Vantagem de ter 12 anos", pensou Lelé, "posso sair correndo sem dar explicações... Será que posso?"

Na hora em que seu pai quis ir embora, Lelé foi se despedir das tias e primas. Quando foi dar um beijo — com todo o respeito — na bochecha de Sabrina, ela deu as costas e saiu de perto.

— Que aconteceu com a Sabrina? — perguntou sua mãe.

— Eu é que sei? — Lelé devolveu a pergunta e saiu correndo para não ter de falar mais.

Lelé pegou seu *diário investigativo* para relatar os acontecimentos do dia. Mas não teve coragem. Confuso, pôs o caderno de lado, sem conseguir parar de pensar em Sabrina. Lá estava um fato que ele não conseguiria entender apenas com lógica e dedução. Por que a prima fizera tanta questão de beijá-lo? Talvez porque fosse o único garoto com mais de 10 anos. Ou porque queria, realmente, assustá-lo. "Não, se fosse isso ela não teria ficado brava", pensou Lelé. "Eu deveria ter deixado ela beijar mais... Mas é minha prima! Isso está certo? Será que na próxima festa ela vai querer brincar de novo?"

7

*F*inalmente, na segunda-feira, a aula de Química. Lelé estava ansioso para falar com Dodô, o professor. Quando o sinal tocou, Lelé correu até ele.

— Professor... — ele começou.
— Oi, Marcelo — sorriu Dodô. — O que foi? Você parece assustado.
— É que... eu queria perguntar uma coisa.
— Manda.

Mas Lelé hesitou, olhou para baixo, coçou o nariz...
— Eu preciso ir para a próxima classe — Dodô conferiu o relógio.
— Eu quero saber se uma pessoa pode morrer se..., quer dizer, cheirar gás pode matar?

Dodô ficou olhando desconfiado para Lelé.
— Para que você quer saber isso?
— Para saber, ué — disse Lelé.
— Tanto o gás de botijão, que é o GLP, gás liquefeito de petróleo, quanto o chamado gás natural, que é o encanado, são asfixiantes. A pessoa pode morrer por falta de oxigênio. O GLP, além disso, é constituído por butano e propano, que são narcotizantes e fazem a pessoa perder os sentidos.

— Obrigado — disse Lelé, saindo rapidinho de perto do professor, que ficou observando o garoto e tentando adivinhar o motivo da pergunta.

Quando a professora de português chegou, Dodô pediu desculpas e saiu da sala.

Mais tarde, durante o recreio, Lelé explicou o caso do nenê a Caco e Bola.
— Precisamos avisar a mãe dessa criança do perigo que o filho está correndo — ele concluiu.
— Por quê? — perguntou Caco.
— Você é besta, é? — Bola se dirigia a Caco. — Você não vê que esse nenê pode morrer? E vai deixar isso acontecer, sabendo que poderia evitar? Vai, Lelé, conta qual é a ideia.

35

— A ideia é: a suspeita estava no ônibus que eu peguei às 16h30min no ponto atrás do *Shopping*. Vamos nos encontrar às 16h e pegar o primeiro ônibus que passar. Se ela não estiver nesse, a gente desce e toma o próximo. E vamos trocando de ônibus até encontrá-la.

— Isso aí vai sair caro! — reclamou Caco. Bola deu-lhe um soco no ombro. — Ei! Por que você fez isso?

— Outra coisa, Caco — disse Lelé —, leve aquela sua camerazinha fotográfica, aquela que parece de espião.

Nisso, Malu passou pelo pátio, nas costas de Lelé, desfilando de mãos dadas com um garoto de outra classe.

— Ih, olha lá... — falou Caco.

Bola lhe deu outro soco no braço.

— Ai! — ele reclamou. — Quer parar com isso?!

Lelé viu Malu passando com o namorado e suspirou fundo. Bola pôs a mão em seu ombro.

— Vamos lá, cara. Vamos para a classe.

Os três amigos se encontraram no local combinado, no ponto em que Lelé pegou o ônibus errado na sexta-feira anterior.

— Trouxe a câmera? — Lelé perguntou a Caco. — Está com filme?

— Está prontinha — disse Caco, entregando-lhe a camerazinha. — É só apertar o botão verde, que ela faz o resto sozinha. Tudo automático.

— Quando eu for tirar as fotos dela, vocês dois ficam na minha frente, para me esconder, deixando só uma brecha para eu fotografar.

O primeiro ônibus passou. Estava meio vazio, e Lelé pôde ver que a loira não estava nele. Algum tempo depois veio outro, mais cheio. Os três entraram e percorreram

todo o veículo. Ela não estava. Desceram no ponto seguinte. E assim foi com mais três ônibus. Até que...
— É ela! — sussurrou Lelé. — Façam a "cortina".
Lelé sentou-se do outro lado do corredor e pegou a câmera no bolso.
— Fazer o quê? — perguntou Caco. Bola puxou-o pelo ombro e os dois ficaram entre Lelé e a moça, que estava uma fileira atrás. Lelé apontou a câmera e... o *flash* disparou. A loira, que olhava distraída pela janela, voltou-se na direção do clarão. Lelé abaixou-se com a câmera. A passageira ao seu lado olhou para ele, sem muito interesse.
— Como eu desligo esse *flash*? — perguntou baixinho a Caco.
— Gira esse botão aí... Tira a seta do raio.
— Tira uma foto minha? — pediu a companheira de banco.
Lelé não pensou duas vezes, apontou a câmera para ela e disparou. Então, percebendo que a loira estava distraída, tirou mais algumas fotos. Depois, foi até a frente do ônibus.
— A que horas este ônibus saiu do terminal? — Lelé perguntou ao motorista.
— Às 15h30min, por quê? — o outro perguntou.
— E de quanto em quanto tempo saem os ônibus?
— Por quê? — insistiu o motorista, meio irritado.
— Estou tentando encontrar uma menina que vi aqui outro dia — mentiu Lelé.
O motorista sorriu.
— Os ônibus saem de dez em dez minutos. Isso quando não atrasam para chegar no terminal.
— Obrigado. — De pé mesmo, Lelé anotou essas informações no seu diário; em seguida voltou para junto dos amigos.

37

Quase uma hora depois, o ônibus chegou ao ponto final. Os passageiros foram descendo, entre eles a loira. Logo atrás iam Lelé, Caco e Bola. Ela foi andando com os três na sua sombra. De vez em quando, Lelé parava e anotava nomes de ruas e referências. Passando um boteco, a avenida por onde a loira seguia entrava numa área deserta. Só mato dos dois lados. No meio desse matagal, a moça pegou uma trilha que levava até uma favela. Lelé pegou a câmera e fotografou o local. Nesse instante, ela se virou. Os três se jogaram no chão, esperando que o mato os escondesse. Quando se levantou, Lelé viu que a suspeita já entrara na favela. Ele correu para não perder o rasto. Aquelas ruas estreitas formavam um verdadeiro labirinto. Os três viraram uma ruela e deram de cara com a loira, acompanhada de um sujeito alto e magro, de cabelo e cavanhaque vermelhos, que tinha um revólver enfiado no cinto da calça. Eles pararam, assustados.

— São eles, Alemão! — guinchou a loira, com sua voz desagradável.

— Que que vocês tão querendo com a Francine? — ele perguntou, parecendo não ligar muito para os garotos.

Os três não falaram nada. Só ficaram ali, de olhões arregalados e boca seca. O "Alemão" olhou por cima do ombro deles, rodeou-os e riu.

— Acho que vocês se perderam... Ô, bolacha — ele falou com Caco, que realmente tinha o rosto redondo —, que que vocês tão querendo com a minha amiga aqui, a Francine? Eu sei que ela é bonitinha, mas vocês tavam seguindo ela pra quê?

Lelé, Caco e Bola se entreolharam. Não sabiam o que falar. O Alemão fungou.

— Eu tô levando numa boa, mas gosto que me respondam quando eu falo — ele parecia irritado. — Quem mandou vocês aqui? — perguntou isso e puxou o revólver.

Caco se escondeu atrás de Lelé, que resolveu falar:

— Ninguém mandou, não. E a gente não estava seguindo ela, não. Foi coincidência.

— Coincidência nada! — guinchou a loira Francine. — Quando eu olhei para trás, eles se esconderam no mato. Aí tem!

— Que coincidência, garoto! — exclamou Alemão.

— Isso aqui não é *shopping center*. Ninguém vem aqui para passear. Foi o Turco que mandou você aqui? — perguntou, brincando com o revólver. Ele destacou o tambor e ficou olhando para Lelé através do cano da arma. Depois fechou o revólver e virou-o para o chão.

— Não sei quem é Turco, não — respondeu Lelé.

Alemão soltou um risinho impaciente.

— Ô, seus manés, conseguiram chegar! — disse uma voz de menino, que se dirigia aos três.

Eles viram um garoto negro, de uns 10 anos, aproximando-se.

— Quem é esse cara? — Caco sussurrou para Bola.

— Pô, vocês demoraram! — exclamou o garoto, olhando para Lelé.

— Ô, Faísca — disse Alemão para o recém-chegado —, cê conhece esses malucos aí?

Sorrindo, ele acenou com a cabeça.

— E qual é a deles?

Faísca hesitou um pouco, depois jogou a cabeça do lado e disse, rindo:

— Conheci os três manés sábado, no Parque do Ibirapuera. Eles tão a fim de umas pedras. Falei que por aqui dava pra arrumar.

Alemão continuou desconfiado, coçando o cavanhaque. Os três amigos não entendiam o que acontecia. Então, Francine produziu um estalo com a língua e se despediu:
— Bom, já que não é comigo, vou indo.
— Depois a gente se fala — disse Alemão. — Vocês aí, venham comigo — ele fez um gesto e foi andando.
Os três, mais Faísca, foram seguindo o ruivo. Lelé virou a cabeça e viu Francine entrar num barraco onde uma placa mal pintada anunciava "Cabelerera e Pedicura". Depois de dobrar umas três esquinas, Alemão parou. Ele entrou num barraco e logo saiu, com algumas pedras de *crack*.
— E aí, quantas vão?
— Acho que uma, para experimentar — respondeu Lelé, depois de pensar um pouco.
— Pô, Faísca! — rugiu Alemão, e depois para Lelé:
— Cês vêm aqui me encher o saco pra isso? Qualé?
— Uma pra cada um, né! — emendou Faísca.
— Mesmo assim! — grunhiu o ruivo. — Da próxima vez, você leva pra eles. Cadê o ouro?
— Dá a grana, aí — Faísca disse para eles.
Lelé e Bola pegaram o dinheiro no bolso. Caco ficou olhando, até que Bola lhe deu um cutucão e ele também reuniu alguns trocados. Faísca pegou o dinheiro na quantia correta e entregou para Alemão. Ele se irritou com o dinheiro trocadinho.
— Ô, Faísca, da próxima que você me arrumar uns manés desses, vai se ver comigo! — Ele entregou uma pedra a cada um dos meninos. — Agora... área, moçada! Vão vazando.
Eles deram um pulo para trás e saíram quase correndo. Faísca os acompanhou até a saída da favela.
— Obrigado! — disse Lelé para o garoto.

— Tudo bem. Eu tenho pena de trouxa.

Lelé, Caco e Bola se despediram de Faísca e voltaram pelo descampado até a avenida, de onde foram seguindo até o ponto inicial do ônibus.

— Não acredito que você agradeceu àquele moleque! — disse Caco. — Ele fez a gente comprar crack! E acabou com o meu dinheiro da semana! Tenho vontade de voltar lá e acertar aquele Faísca!

— Agora você ficou valente, né? — Bola riu de Caco.

— Na hora não sabia o que fazer. Mas que essa pesou, pesou. O que eu faço com isso agora? — ele perguntou, olhando para a pedra de *crack* em sua mão.

— É melhor você guardar isso — aconselhou Lelé.

— Toma, fica com a minha — Caco lhe entregou a sua pedra. — Se meu pai me pega com isso...

Bola também entregou a sua a Lelé que, sem saber o que fazer, guardou-as no bolso.

Os três subiram no ônibus e, enquanto esperavam que ele partisse, Lelé desenhou, em seu diário, um mapa da favela, marcando os pontos onde Francine entrou e Alemão pegou as pedras de *crack*.

— Precisamos pensar no próximo passo — disse Lelé, quando o ônibus já estava em movimento.

— Que próximo passo? — perguntou Caco. — Para mim, chega! Essa de hoje foi demais.

— É... — fez Bola. — Não sei se estou a fim de continuar, não. Além de tudo, saiu caro o dia, com o monte de ônibus que tomamos e... — ele olhou em volta — mais a mercadoria.

— Olha — começou Lelé —, eu prometo que pago vocês. Só que vai ser aos poucos, à medida que eu for recebendo a minha mesada. Caco, tira o filme da câmera para mim? Eu vou passar no *Shopping* e mandar revelar.

Mas a gente ainda precisa descobrir onde a Francine trabalha. Para avisar os pais do nenê.

— Tô fora — disse Caco.

— E como vamos descobrir isso? — perguntou Bola.

— Primeiro eu pensei em chegar cedo no ponto inicial do ônibus e esperar por ela, para segui-la até o trabalho. Mas, depois do que aconteceu, é arriscado. Ela vai nos ver, e aí não vai acreditar na nossa história. Vai sujar até para o Faísca.

— E o que a gente faz? — Bola quis saber.

— Lembra-se de *O gênio do crime*, que nós lemos para a escola? Então, vamos segui-la "ao contrário". Primeiro, nós pegamos este ônibus no ponto inicial, mas na volta, à tarde, para descobrir em que ponto ela sobe. Depois, no dia seguinte, ficamos nesse ponto para ver de onde ela vem, e assim por diante, até descobrir onde ela trabalha.

— Legal.

— Mas espero que isso não demore. Cada dia conta para salvarmos essa criança — Lelé disse, com ar sério.

Eram sete e meia da noite quando Lelé desceu do ônibus. "Mamãe já deve estar em casa", ele pensou, já que normalmente ela chega às sete. "E vai querer saber onde eu estive." Para não ter de mentir para a mãe, Lelé pensou numa forma de apenas "omitir" informações. Ele entrou numa padaria e comprou pãezinhos. Chegando em casa, a mãe sorriu, ao vê-lo com o pacote da padaria.

— Que bom, nem preciso mais mandar! — ela disse depois de beijá-lo. — Mas por que não foi mais cedo?

— Para que você encontrasse o pão fresquinho!

8

No dia seguinte, os três se encontraram no ponto inicial do ônibus que Francine tomava para ir do trabalho para casa.

— Vamos fazer assim: o Caco pega o ônibus das 15h20min, eu pego o das 15h30min e o Bola, o das 15h40min. A gente só precisa ver em que ponto ela sobe e marcar o nome da rua e algum ponto de referência, pode ser uma padaria, loja, qualquer coisa. Depois, a gente se encontra no ponto atrás do *Shopping*.

E assim fizeram. Lelé pegou o ônibus, viajou todo o percurso combinado, mas não viu a moça. Desceu e encontrou Caco esperando por ele.

— E aí? — Lelé perguntou.

— Nada — disse Caco.

— Bem, tomara que o Bola tenha mais sorte.

Dali a pouco chegou Bola, com um sorriso satisfeito.

— Ela sobe num ponto em Moema, não muito longe daqui. Dá para ir a pé — ele explicou.

— Vamos lá — disse Lelé.

No ponto em que Bola viu Francine subir no ônibus, Lelé anotou nomes de ruas e referências em seu diário. Depois, perguntando a um jornaleiro, descobriu que o mesmo ônibus voltava pela rua de baixo.

— Esse negócio de seguir ao contrário vai demorar muito — ele reclamou. — E a gente não tem esse tempo. Amanhã de manhã, às 7h30min, vamos esperar no ponto da rua de baixo, e seguir a loira para descobrir onde ela trabalha. Vai ser mais rápido assim.

Bola e Caco se entreolharam. Caco abaixou a cabeça e fungou.

— Que foi? — perguntou Lelé.
— De manhã a gente tem aula — falou Caco. — Como eu explico para a minha mãe o carimbo de falta na caderneta, num dia em que ela sabe que fui para a escola?
— É verdade — disse Bola. — Mas eu venho com você, depois me arrumo com meus pais.
— Não, tudo bem — Lelé concordou. — Amanhã eu venho sozinho. Vai ser melhor para seguir a Francine.

Às 7h25min da quarta-feira, Lelé estava na padaria em frente ao ponto de ônibus, comendo um pão na chapa, acompanhado de uma média. Ele não desgrudava os olhos do local onde, a qualquer momento, apareceria Francine, a loira suspeita. Lelé pensou se não estaria ficando meio maluco. "Estou aqui, brincando de detetive, ou realmente fazendo algo importante? Será que não estou me metendo em alguma grande confusão?"
Lelé terminou sua média e ficou, na porta da padaria, observando o movimento na rua. Então ele a viu, surgindo de trás de um ônibus, do outro lado da rua. Rebolando e andando devagarzinho, como quem não tem pressa de chegar no serviço, a loira Francine virou à direita na primeira esquina. Lelé atravessou a rua e foi atrás dela, que logo dobrou outra esquina, entrando numa ruazinha sem movimento.
Assim que Lelé entrou nessa ruazinha, Francine saiu de trás de um poste aplicando-lhe uma rasteira. Sentado no chão, ele a viu gingar como uma capoeirista para, em seguida, encostar-lhe uma faca no pescoço. Tudo foi tão rápido que ele nem teve tempo de se assustar.
— Vai falando! — exigiu Francine.
— Falando o quê?
— Não se faça de besta, não, moleque! Tá na minha cola há um tempo já... pra quê?

Lelé pensou rápido:
— Você é muito linda. Queria te ver de novo.
Por essa ela não esperava. Perdendo um pouco a pose de durona, ela se endireitou, retirando a faca de perto do pescoço dele.
— Não se enxerga não, moleque? Acha que eu sou pro seu bico?
— Eu sei que não — disse Lelé, abaixando a cabeça e fazendo ar de triste. — Por isso que eu fico seguindo você assim, de longe.
— Só me faltava essa, agora! — ela exclamou, guardando a faca na bolsa. — Vai embora agora, vai.
— Será que a gente pode se ver num outro dia? — Lelé pediu.
— Você acha que eu gosto de trocar fralda, é? Vai logo!
Lelé se levantou e ficou parado, olhando para ela, que abriu a bolsa e ameaçou pegar a faca novamente. Lelé foi se afastando e, ao chegar na esquina, olhou para trás. Ela continuava parada, observando-o. Então ele entrou na outra rua, esperou um pouco e voltou. Ela já sumira. Lelé correu até a esquina seguinte, olhou para um lado e para outro, mas não havia nem sinal de Francine. Ele socou o ar, com raiva, e decidiu ir para a escola.

Lelé teve de esperar para entrar na aula. Resolveu, então, ir até o "fumódromo" pensar no caso. Esse era um lugar em meio a umas árvores, atrás da quadra de esportes. Tinha esse nome, fumódromo, porque era ali que alguns alunos se escondiam para fumar. Mas, para chegar na quadra, ele tinha de passar por um corredor aberto, visível da sua sala de aula. E Dodô, o professor de Química, viu Lelé caminhando apressadamente pelo corredor, quando deveria estar na classe.

Já no fumódromo, Lelé abriu seu diário e reviu todas as informações do caso da loira, anotando, inclusive, os detalhes da expedição desastrada daquela manhã. Ao terminar, ele fechou o diário e pegou, no bolso da calça, as três pedrinhas de *crack*, pensando no que faria com aquilo.

— Posso ver isso? — ouviu uma voz conhecida dizer. Sem pensar duas vezes, Lelé atirou as pedrinhas longe. Dodô o encarava, desconfiado. Sem falar nada, o professor andou alguns metros até o local onde caíram as pedras. Pegou-as e se aproximou calmamente de Lelé.

— Quer conversar, Marcelo? — perguntou, num tom de voz paternal. — Você é um bom aluno... Primeiro veio com aquela conversa de se matar com gás, depois enforca aula para vir fumar isso aqui? Isso é muito ruim, sabia? Pode acabar com a sua vida. Não vou dizer nada para o Miller, porque você está precisando é de ajuda. Pode se abrir comigo.

— Tem razão, professor, eu preciso de ajuda... — Lelé disse, sorrindo. — Mas eu não ia fumar essa coisa. E vou provar: não tenho fósforo ou isqueiro comigo. Pode me revistar!

Lelé puxou os forros dos bolsos para fora e mostrou seu estojo para o professor.

— Vê?

— Então, o que está acontecendo? — perguntou Dodô.

Lelé explicou sobre o caso do nenê, que nenhum adulto que ele procurara quis ajudar, que tentou descobrir onde a Francine trabalhava para avisar os pais da criança, explicou por que teve de comprar as drogas e qual o tipo de ajuda de que precisava.

— Veja as fotos dela... — Lelé as mostrou ao professor. — Se o senhor pudesse segui-la, amanhã de manhã, nós poderíamos fazer algo por esse nenê.

— Tem razão — concordou Dodô. — O caso é grave. Amanhã eu não tenho a primeira aula. Vamos segui-la no meu carro e encerrar essa história. Que seja a última vez que você mata aula!

9

Eles se encontraram na frente da escola, na manhã seguinte. Lelé entrou no carro de Dodô e, cerca de meia hora depois, estavam parados próximos ao ponto de ônibus onde a moça deveria descer. Francine apareceu algum tempo depois e eles foram atrás dela de carro, mas ela entrou numa rua contramão. Dodô pisou no freio.

— E agora? — ele hesitou, sem saber o que fazer.

— Deixa o carro aí! Vamos a pé! — exclamou Lelé.

— Você vai na frente, que ela não te conhece.

Assim, os dois a acompanharam até ela entrar num prédio. Lelé anotou o nome da rua e o número do edifício. Dodô falou com o porteiro:

— Essa moça loira que entrou, em que apartamento ela trabalha?

— Quarenta e quatro, por quê?

— Eu gostaria de falar com o patrão dela — respondeu Dodô.

— Ih, não vai dar não — explicou o porteiro. — Eles saíram agorinha mesmo.

— Droga! — exclamou Lelé. — Você tem algum telefone de contato deles? — perguntou ao porteiro.

— Não tenho, não. Mas quem são vocês?

Sem responder, os dois se viraram.

— E agora? — perguntou Lelé.

— O jeito é voltar mais tarde. E rezar para que a criança fique bem até lá — respondeu Dodô.

— Por que a gente não chama a polícia? — sugeriu Lelé.

— E vamos dizer o quê para eles? — perguntou Dodô. — Venha, que eu tenho uma aula às nove. E é melhor você também voltar para a escola. À noite, nós voltamos e devemos encontrar os pais em casa.

Despediram-se do porteiro do prédio e foram embora.

Assim que partiram, o porteiro interfonou para Francine.

— Oi, minha linda — ele disse, sorrindo para si mesmo. — Uns caras estiveram aqui procurando seu Jurandir e dona Sílvia.

— Que caras? — Francine perguntou.

— Um garoto e um japonês coroa. Falaram em chamar a polícia.

— ...

— Francine? — o porteiro chamou.

— Polícia? Pra quê? — ela tentou não parecer nervosa.

— Isso é com você.

10

Lelé estava no quintal, tentando ensinar Doutor a seguir rastos. Ele dava um pé de tênis para o cachorro cheirar e queria que ele localizasse o outro, que escondera no quintal. Mas Doutor ficava pulando nele, tentando abocanhar o tênis que estava em sua mão.

— Vai, Doutor! Você é inteligente... Não... Este aqui já está comigo... O outro, o outro...

— Arf! Arf! — Doutor latia, pulando e correndo ao redor de Lelé.

"Acho que eu preciso de um profissional! Será que a polícia treinaria ele para mim?", perguntou-se Lelé, desistindo da sessão de treinamento, pois a noite estava chegando.

Entrou em casa e lavou as mãos. Depois foi para a sala, onde a mãe assistia à televisão.

— Mãe — ele disse —, podemos levar o Doutor a um treinador?

— Ela não respondeu, estava com toda a atenção voltada para o telejornal. Lelé se aproximou para ver.

— Ah, coitados desses pais... — lamentou sua mãe.

— *A empregada doméstica Francine Cruz de Almeida* — dizia a repórter, na TV — *tinha três meses de casa. Os pais do nenê sequestrado informaram que a contrataram por meio de uma agência. Nenhum representante dessa empresa quis dar declarações à imprensa. Fontes da polícia disseram que esse sequestro pode estar ligado ao tráfico internacional de crianças, para aproveitamento de órgãos ou adoções ilegais. Lúcia Teresa, para o Jornal Especial.*

Atrás da repórter, na tela da TV, estavam provavelmente os pais do nenê, chorando abraçados. Aquilo deixou Lelé em estado de choque. "Como é que ela faz essas suposições terríveis na frente dos pais da criança?!"

— O que aconteceu? — perguntou para a mãe.

— Mais um desses casos de empregada falsa. Como alguém deixa uma desconhecida tomando conta do seu filho?

— Mas, mãe... — começou Lelé. — Esse é o caso que eu te contei... Da mulher no ônibus, que você não quis saber... Mas agora nós precisamos fazer alguma coisa!

— Ih, Lelé, não começa com essa sua mania de Sherlock.

51

— Mãe...
— Pare, meu filho. Vá comprar pãozinho que seu pai está chegando. Compre uma meia dúzia, que você sabe o quanto o Doutor adora pão francês.

Lelé foi para seu quarto, pegou o *diário investigativo* e as fotografias de Francine. Depois pegou dinheiro para os pãezinhos com a mãe.

"Acho melhor ligar para o Dodô!", pensou Lelé, procurando um telefone público. O primeiro, na esquina de sua casa, não estava funcionando. No outro quarteirão, a cabine estava vazia. No lugar do telefone, uma placa: ESTE TELEFONE FOI DEPREDADO PELA SEGUNDA VEZ EM MENOS DE 30 DIAS E ENCONTRA-SE EM MANUTENÇÃO.

— Droga! — Lelé disse em voz alta, correndo para o terminal de ônibus, onde chegou em cinco minutos, ofegante. Lá havia seis aparelhos, mas todos ocupados. Lelé escolheu o que não tinha fila. Mas o homem no telefone parecia estar namorando; falava baixinho, todo sorrisos. Lelé começou a se desesperar. "Cada minuto é importante!"

Enquanto Lelé esperava, duas pessoas da fila ao lado já haviam usado o telefone. Uma velhinha procurava o cartão telefônico na bolsa.

— Desculpe, é uma emergência policial! — Lelé disse, passando na frente dela.

— O quê? Que absurdo! Abusando de uma senhora de idade! Se eu fosse um homem, você não teria coragem! Ninguém respeita mais os velhos...

Ela não parava de reclamar. E, o pior, tinha razão. Procurando ignorar os resmungos da velha senhora, que não parava, Lelé telefonou para Dodô.

— E nessas horas — a mulher continuava a reclamar —, a gente nunca encontra um policial. Ou alguém que defenda os mais fracos... Ah, se meu marido fosse vivo!

Pegava você pelo colarinho e te ensinava bons modos, coisa que sua mãe nunca...

O telefone chamou cinco vezes, até a secretária eletrônica atender:

555-6350. Não posso atender agora. Deixe seu recado após o sinal, que eu entro em contato assim que possível.

Lelé desligou, pensando no que fazer. A mulher não parava de falar.

— O telefone já está livre — Lelé disse, bravo. Por que a senhora não telefona?

Para sua surpresa (e desespero), a velhinha começou a choramingar.

— Puxa vida... — ela fazia. Meu Deus, olha como tratam os velhos nesta terra...

— Não tenho tempo para isso, agora! — exclamou Lelé, jogando os braços para cima e afastando-se. Ele foi caminhando até a avenida. Estava literalmente em pânico. Até aquele dia, todas as suas investigações tinham sido jogos, quase brincadeiras. Lelé se divertia em deixar as pessoas confusas ao adivinhar (deduzir, na verdade) certos fatos. Mas aquilo era diferente. Ele havia se metido em algo sério. Vidas estavam envolvidas. Lelé parou em frente à padaria. O cheiro de pãozinho fresco, que ele gostava de comer junto com os pais antes do jantar, o fez desejar não ter se envolvido naquela confusão, de simplesmente poder comprar os pães e voltar para casa, com o coração leve e o espírito despreocupado. Mas não era assim. Uma vida corria perigo. E outras vidas estavam aflitas por causa do nenê. Lelé sentia medo e não sabia o que fazer. Ou melhor, sabia. Ele sabia o que devia fazer, qual era sua obrigação como ser humano. Nesse momento, essa certeza fortaleceu Lelé. Ele voltou para o terminal e tomou o

ônibus — aquele ônibus! — que tantas vezes tomara nos últimos dias.

Lelé desceu do coletivo e foi andando até o prédio onde tinha estado pela manhã, com Dodô. Estacionados na frente, havia alguns carros de polícia e de reportagem. Algumas pessoas estavam na entrada do edifício, próximas à portaria.

— Quero falar com o pessoal do apartamento 44 — ele pediu ao porteiro, que era outro.

— Me disseram que não era para incomodar — o outro avisou.

— Eu preciso falar com eles, entendeu? — Lelé ergueu a voz.

— É melhor você voltar outro dia, quando a coisa acalmar — o porteiro disse isso e fechou a janela da sua cabine.

Lelé bateu, com força, no vidro.

— Oxe! — exclamou o porteiro, abrindo a janela — Tá maluco, é? Vá-se embora antes que eu chame a polícia. Tá cheio de polícia aí, viu?

— Ah, é? — Lelé estava quase gritando. — Deixa que eu chamo. — Ele se virou para as pessoas junto ao portão e gritou: — Tem algum policial aí? Eu tenho informações sobre o nenê sequestrado!

Num instante, Lelé estava cercado de repórteres lhe fazendo perguntas.

— Você é parente da vítima?
— Conhece a sequestradora?
— Como você a conheceu?

Um homem alto e gordo, com um distintivo pregado no cinto, agarrou Lelé pelo braço e tirou-o da confusão, levando-o para o saguão do prédio, em frente aos

55

elevadores. Os jornalistas tentaram segui-los, mas outros policiais os detiveram.

— Que história é essa? — perguntou o policial, num tom de voz neutro, enquanto chamava o elevador.

— Eu sei quem é essa mulher, onde ela mora e com quem ela está relacionada.

— Ah, é? E como você sabe isso? — ele perguntou, ao mesmo tempo em que entrava no elevador, puxando Lelé consigo.

— Faz uns dias que estou investigando essa suspeita — Lelé respondeu, tentando parecer profissional.

O policial sorriu e ficou em silêncio até chegarem ao apartamento. Lá estavam os pais do nenê sequestrado, que Lelé reconheceu por tê-los visto na televisão, dois investigadores e uma menina, mais ou menos da idade de Lelé. Ela chorava de soluçar, sentada numa poltrona no canto da sala.

O policial, que se chamava Nestor, fez sinal para Lelé sentar.

— Vai, conte sua história — ele pediu.

Então Lelé contou. Falou do que ouvira no ônibus e que seguira Francine para saber onde ela trabalhava e poder avisar os pais daquela criança. Mostrou as fotos, os mapas e diagramas que desenhara. Terminou contando que estivera de manhã cedo no prédio, mas que eles (os pais) não estavam.

Nestor estava impressionado. De boca aberta mesmo. Mas os outros policiais pareciam dar pouca importância às informações que Lelé acabara de colocar à disposição deles.

— Mas onde você entra nessa história? — perguntou um.

— O que você está querendo? — quis saber o outro.

E ficaram bombardeando Lelé com perguntas, enquanto Nestor examinava as anotações de Lelé. Até que...

— Chega! — Lelé gritou. — Vocês vão ficar perdendo tempo com essas perguntas inúteis? Eu entendo o seguinte: essa Francine sequestrou a criança, mas ela não sabe o que fazer neste momento. Deve estar com ela, lá na favela Pinga-pura, enquanto pensa no que fazer. Precisamos agir rápido, sem perder tempo!

— Tem razão, precisamos agir rapidamente — começou Nestor. — Provavelmente, essa mulher arruma emprego em casas com nenês e tenta ganhar a confiança dos pais. Enquanto isso, seus cúmplices arrumam o negócio para vender a criança. Quando o negócio está encaminhado, ela some junto com o nenê.

— Tá — fez Lelé. — Mas dessa vez ela teve que se precipitar. Provavelmente ficou sabendo que eu estive aqui, de manhã, com meu professor, e que nós falamos em chamar a polícia. Ela ficou com medo e pegou o nenê antes da hora. Por isso é que não podemos perder tempo.

— Preciso levar suas fotos e anotações. E tenho que dar um pulo na Divisão para organizar as coisas. — E, falando para os pais do nenê: — No máximo em uma hora eu mando notícias.

Ele se foi, deixando um dos investigadores no apartamento. Lelé ficou ali, sem saber o que fazer, pensando que sua mãe deveria estar preocupada. O pai do nenê se aproximou, mas não sabia o que falar.

— Você precisa de alguma coisa? — ele perguntou.

— Acho que só dar um telefonema, obrigado — Lelé respondeu.

— Ali na mesinha de canto... — O homem apontou o aparelho, afastando-se em seguida. Parecia um morto e vivo.

A mãe também se aproximou.

— Obrigada... — ela agradeceu a Lelé —, por se importar...

Lelé não sabia o que responder, mas a mulher logo saiu de perto, o que acabou com a necessidade de uma resposta. Ele foi até a mesinha do telefone, ao lado da qual estava aquela menina que soluçava. Lelé pegou o aparelho e ela se arrastou para outra almofada do sofá, deixando o lugar para Lelé.

— Obrigado... — ele disse. E depois ligou para casa.
— Alô! — atendeu sua mãe.
— Oi, mãe, sou eu.
— Ô, menino! Onde você está? Eu estou preocupada!
— É... Eu vim ajudar umas pessoas... Mais tarde eu vou para casa.
— Como mais tarde? Que pessoas são essas?
— Aquelas que você viu na televisão. Mas depois eu explico. Não posso ocupar a linha por muito tempo.
— Como depois, menino, espere...

Lelé desligou. Aquilo não foi muito educado, desligar o telefone na cara da mãe, mas seria difícil explicar o que estava acontecendo. Se pelo menos a mãe o tivesse ouvido antes... Ele olhou para o lado. A menina parara de chorar e estava encarando Lelé. Os dois olhos, inchados e vermelhos. O rosto, molhado de lágrimas.

— Obrigada... — ela sussurrou.
— Por quê?
— Por querer ajudar meu irmãozinho... — Ela quase voltou a chorar.
— Ele é bem mais novo que você... — comentou Lelé.

Ela tentou sorrir.

— Sou onze anos mais velha. Ele tem 8 meses. E é meu meio-irmão, na verdade.

Lelé queria fazer perguntas. Meio-irmão por parte de quem? O que aconteceu? Seus pais se separaram? Qual seu nome? E o nome dele? Mas, com seu jeito formal, que fazia com que garotos e garotas da sua idade o estranhassem, ele estendeu a mão para a menina.

— Meu nome é Marcelo... Mas meus amigos me chamam de Lelé.

Dessa vez ela riu mesmo. E Lelé achou-a bonita e sentiu um grande carinho por ela, que apertou sua mão enquanto dizia:

— Cláudia... Mas meus amigos me chamam de Cuca.

Foi a vez de ele rir, ao se lembrar da origem de seu apelido: desde pequeno, Lelé tinha um comportamento diferente do de outras crianças. Diferente e estranho. Sua mãe dizia que ele era lelé da cuca. "Lelé da Cuca", pensou, sorrindo por dentro.

Já fazia quase uma hora que o delegado Nestor saíra. Os pais do nenê, Jurandir e Sílvia, estavam em alguma outra sala do apartamento. Lelé e Cuca continuavam sentados no sofá. O investigador permanecia na varanda, fumando.

— Quando a minha mãe morreu — Cuca balbuciava —, eu tinha cinco anos. Foi num acidente de carro. Fiquei sozinha com meu pai por três anos. Aí ele se casou com a Sílvia. Ela tenta ser legal comigo, mas eu não facilito muito, não.

Lelé tentou imaginar como seria, de repente, perder a mãe. E depois, também de repente, aparecer uma mulher para ficar no lugar dela.

— Que barra... — foi o que conseguiu dizer.

— Aí, quando veio meu irmãozinho, primeiro eu achei legal — ela falava cada vez mais baixo, era quase impossível ouvi-la. — Mas, às vezes, eu queria que ele morresse. E ela também, a Sílvia. Ficava imaginando como seria bom ter meu pai só para mim. Eu inventava de tudo para não tomar conta dele. Toda tarde eu tenho algo para fazer, depois da escola: é balé, inglês... só para não ficar sozinha com ele... Quando eu cheguei em casa e não encontrei empregada nem bebê, e vi meu pai desesperado, eu também fiquei. Mas, lá dentro, senti uma alegria, que me deixou ainda mais desesperada... Como posso ser tão ruim?!

— Eu sei como é — disse Lelé. — Acho que nós temos uma parte ruim e outra boa. A parte ruim faz mais barulho, mas a boa é mais forte.

Cuca sorriu e pegou a mão de Lelé, que ficou vermelho no ato, sem saber o que fazer.

Nestor, finalmente, entrou no apartamento, e Cuca foi chamar seus pais.

— Organizei uma operação em conjunto com a Polícia Militar — Nestor explicou. — Vamos cercar a favela e dar uma busca. Agora, Marcelo — ele disse para Lelé —, preciso que você venha conosco. O mapa que você fez é bom, mas a gente precisa chegar lá e ir direto ao ponto, para pegar o pessoal de surpresa. Não dá para ficar seguindo mapa, não.

— O problema — disse Lelé, lembrando-se de Faísca — é um garoto que mora lá e me deu uma força. Se me virem chegando com a polícia, ele dança no mesmo dia.

— A gente disfarça você com boné, óculos e colete da polícia. Você é alto e pode passar por um policial... baixinho.

Logo Lelé estava disfarçado. Arrumaram-lhe uma jaqueta que, com a lapela erguida, escondia metade do rosto. A outra metade ficava atrás de óculos escuros e um boné.

— Vamos nessa — disse Nestor, abrindo a porta do apartamento. — Assim que tivermos qualquer novidade, eu aviso — ele disse aos pais do nenê.

Lelé deu uma última olhada para Cuca e seguiu Nestor.

— Aí, campeão! — Nestor brincou com ele, mexendo na aba do boné.

11

Sentado no banco de trás da viatura, o coração de Lelé estava a mil por hora. Ele, numa missão policial de verdade! Mas aquilo estava longe de ser divertido. Era excitante, sem dúvida, mas Lelé sentia o peso da responsabilidade. Depois de rodarem cerca de quarenta minutos, o carro parou. Estavam naquela avenida que dava para os fundos da favela. Nestor pegou o rádio.

— Qual a situação?

Todas as unidades informaram estar prontas.

— Vamos lá, é hora do baile — ele disse no transmissor.

Lentamente, o carro foi seguindo pela avenida, até chegar àquela área descampada, que Lelé já conhecia. Atrás deles vinham outras viaturas da Civil e da Militar. Os carros avançaram pelo matagal, sacolejando.

— Agora! — Nestor comandou pelo rádio. Instantaneamente, o lugar virou um inferno. Dezenas de luzes vermelhas, piscantes, brilhavam, acompanhadas por sirenes altíssimas, que pareciam estar em toda a parte.

Ao chegarem na entrada da favela, Nestor desceu do carro, levando Lelé consigo. Dos outros carros desceu um exército de policiais. Lelé sentia-se estranhamente calmo. Até saírem do carro, achava que seria o primeiro menino de 12 anos a ter um ataque do coração. Mas agora estava tranquilo. Ele ia atrás de Nestor, dando-lhe as orienta-

ções de onde virar e qual caminho seguir. Às vezes, Lelé hesitava. De noite, as coisas eram diferentes. As pessoas corriam, procurando fugir do meio das ruelas por onde a polícia passava. Algumas gritavam.

— Vire aqui — disse Lelé. — Ali, no barraco com o letreiro "Cabelerera e Pedicura". Foi ali que ela entrou.

— Vocês, fiquem aqui com ele — Nestor disse a dois policiais.

Acompanhado por investigadores e policiais, ele meteu o pé na porta, entrando sem a menor cerimônia. O barraco tinha dois cômodos: a sala e um quarto, onde estava um casal. A moça, contudo, não era a procurada.

— Onde ela está? — gritou Nestor, mostrando o revólver e a foto de Francine que Lelé tirara no ônibus.

Como nenhum dos dois respondesse, Nestor encostou o revólver na cabeça do homem e gritou mais alto:

— Eu sei que vocês são chegados dela! Fala onde ela está ou vocês vão no lugar dela!

Foi a mulher quem falou:

— Ela faz o cabelo aqui, às vezes. Mora aí pra cima, no barraco azul do lado do borracheiro.

Nestor saiu voando. Os outros policiais e Lelé o acompanharam. Minutos depois, estavam dentro do barraco azul. Vazio. Tinha apenas uma sala, separada da cozinha por uma cortina de tirinhas plásticas. Encostado na parede, um gaveteiro. Havia um certo cheiro de gás, mas o fogão de duas bocas estava fechado.

— Eu sei qual é o barraco do Alemão, que é amigo dela! — Lelé se lembrou, e conduziu os policiais ao local onde comprara *crack*.

Mais uma vez, a porta de compensado foi muito leve para as botinas dos policiais. Mas esse barraco também estava vazio. Afastando a cama, os policiais descobriram um túnel. E ainda encontraram muitos papelotes de cocaína e pedras de *crack*.

— É... O cara tinha um esquema para cair fora — comentou um deles.

— Onde será que esse túnel vai dar? — perguntou Lelé, desanimado.

— Em algum outro barraco, provavelmente — respondeu Nestor. — Vocês aí — ele falou com três policiais —, entrem com as lanternas e vejam onde isso vai dar. E cuidado!

— Já sei! — exclamou Lelé, saindo correndo pela porta do barraco.

— Espere aí, garoto! — disse Nestor, correndo atrás.

Lelé voltou para o barraco azul, de Francine.

— Que foi? — perguntou Nestor, ofegante.

— Ela fazia o nenê cheirar gás para parar de chorar. Você sente o cheiro de gás?

— Agora que você disse, bem fraco... — respondeu Nestor, já entendendo Lelé.

— Você aí — Lelé chamou um policial ao quarto —, arraste a cama, por favor.

Ali não havia nenhum túnel. Então Lelé pegou uma lanterna e se agachou na porta da cozinha, examinando o chão empoeirado.

— Ora, o nenê provavelmente estava chorando, longe de casa e da família — Lelé explicou, levantando-se. — Ela quis fazer com que ele dormisse. Principalmente depois que ouviu as sirenes. Muito bem, depois que ligamos as sirenes, quanto tempo demorou para chegarmos aqui? Dois, três minutos? Não vimos a Francine na rua e este barraco não tem outra comunicação com o exterior a não ser a porta. Ao perceber que a polícia estava chegando, ela fez a criança cheirar gás novamente, para dormir. Depois, escondeu-a aqui — Lelé

abriu a cortininha que havia embaixo do fogão. Lá estava o nenê, dormindo dentro do cesto de lixo. Lelé pegou-o, meio sem jeito. Os policiais soltaram uma exclamação de espanto e satisfação. — Alguém pegue a criança, por favor — Lelé pediu. E logo um policial a estava segurando.
— É incrível! — disse Nestor. — Como sabia que o nenê estava aí?
— É elementar, meu caro amigo — Lelé esperava há tempos uma oportunidade de usar essa frase. — Analisando as pegadas no chão de terra, percebi que estavam menos espaçadas quando vindos do quarto para a cozinha; depois, a partir do fogão, já numa distância normal para a altura de Francine. Os passos curtos indicam que ela estava carregando algo com cuidado. Ela trouxe a criança até aqui, fez com que cheirasse o gás e, assustada com a movimentação da polícia, escondeu-a no primeiro lugar que pensou. Outra alternativa seriam as gavetas da cômoda. Mas esta era a primeira opção.
— Mas e ela? — perguntou Nestor.
— Você já ouviu falar na *Lâmina de Ockham*?
Nestor estava com a boca tão aberta que não conseguiu responder.
— É uma teoria, segundo a qual, a melhor explicação para um fato é a mais simples. Se ela não foi para a rua, está aqui dentro. Mas onde?
Lelé olhou para o teto, um linóleo preto fazia as vezes de forro. Ele estendeu o braço, mas não alcançou a ponta do plástico.
— É complicado ser um detetive-mirim — disse, bufando. — Está vendo essa ponta mais solta, Nestor? Por favor, puxe-a.
Foi o que Nestor fez; deu um puxão violento no linóleo, que veio abaixo junto com a Francine, que se

estatelou no chão, xingando muito. Os policiais, tão espantados, demoraram a algemá-la.

Pelo rádio da viatura, Nestor pediu ao policial que estava em frente ao prédio onde moravam os pais do nenê sequestrado que os acalmasse, informando que a criança estava bem.

— Carinha! — ele disse a Lelé. — Você arrebentou hoje, hein!

— Obrigado. Quando precisar, é só chamar — Lelé respondeu, todo satisfeito.

— Você também, se precisar de nós, é só chamar.

— Posso ficar com o boné? — Lelé pediu.

— Pode, claro que pode — Nestor respondeu sorrindo.

— E com o colete?

Dizer que os pais de Lelé ficaram boquiabertos ao ouvir o filho narrar sua aventura ao lado dos policiais seria pouco. Eles ficaram tão espantados que não conseguiam articular nenhuma palavra.

— Mas filho... — disse a mãe, afinal —, por que você não falou conosco?

— Eu tentei, mãe, mais de uma vez.

— Eu não sei o que dizer — disse o pai. — Mas parece que nosso filho é um herói!

Os três se abraçaram no meio da sala.

12

Na saída da escola, no dia seguinte, Lelé estava parado na calçada, em frente ao portão, com os amigos ao lado.

— E aí, vamos bater uma bolinha hoje à tarde? — perguntou Bola.

— Hoje não dá, mas vamos no sábado — disse Lelé.

— Ô, cara — esse era Caco. — Deixou a gente de fora na hora mais emocionante, hein! Queria estar lá com você.

— Você que desistiu — resmungou Lelé. — E depois, tudo começou a acontecer muito rapidamente. Não havia tempo para nada, a não ser agir.

Depois de mais um tempinho de papo furado, Bola e Caco foram para casa. Lelé permaneceu ali, olhando para a rua. Alguém, vindo por trás, deu um tapa no material que ele carregava, fazendo livros e cadernos irem para o chão.

— E aí, mano — era o Ratão —, ouvimos umas histórias aí. Parece que você virou macho, dessa vez.

Lelé não respondeu. Só ficou olhando para ele. Canela deu-lhe um empurrão.

— Acho que ele continua o mesmo bundão de sempre!

Nisso, a sirene curta de uma viatura se fez ouvir. O carro encostou e Nestor, com outro policial, desceu. Ratão e Canela foram saindo de fininho.

— Parado aí, vagabundo — gritou Nestor. — Mãos pra cabeça. Encosta no muro, aí.

— Espera aí, eu sou menor... — choramingou Ratão. Vários alunos da escola assistiam à cena.

— Menor, é? Menor também vai em cana. Que que você estava fazendo com o detetive especial Marcelo?

— Hein? — fez Canela.

— Você também, fique quieto — rosnou Nestor. — O negócio é o seguinte: o Marcelo é dos nossos. Se encrencar com ele, arrumou treta com a gente. Falei? Respeito com o detetive Marcelo. Falei?

— Puxa, a gente só estava brincando — respondeu Ratão. Ele estava quase chorando.

— E aí, Marcelo? — Nestor apertou-lhe a mão. — Se esse vagabundo, ou qualquer outro, te desrespeitar, é só chamar.

— Obrigado — respondeu Lelé, todo satisfeito. — Vocês também; eu já disse, precisando, é só chamar.

Dando tapinhas nas costas de Lelé, os policiais se foram, sob os olhares divertidos dos outros alunos, que também sofriam com os abusos de Ratão e Canela. Malu se aproximou de Lelé.

— Oi. Quer dizer que é verdade o que o Bola contou, que você salvou um nenê e prendeu uma criminosa? — ela perguntou.

— Eu ajudei um pouco.

— Que legal! — Malu tinha um sorriso de derreter. — Vamos na lanchonete com o pessoal, para bater um papo?

Como Lelé esperou por esse momento! Malu dando-lhe atenção!

— Desculpe, Malu, mas hoje eu não posso — respondeu. — Outro dia, se você puder.

— Tá legal — ela respondeu.

Então, um carro encostou. Lelé se aproximou e abriu a porta de trás. Nos bancos da frente estavam Jurandir e Sílvia; atrás, o nenê que ele salvara, numa cadeirinha própria, e Cuca, que o cumprimentou com o mais lindo sorriso.

— Vamos almoçar, então? — perguntou Jurandir.

Lelé entrou no carro e recebeu dois beijinhos da Cuca, um em cada bochecha, e foi almoçar, todo feliz com seus novos amigos.

ANTONIO CARLOS VILELA

Apreciando a Leitura

■ Bate-papo inicial

Todos nós, desde muito pequenos, desejamos viver experiências que ultrapassem as coisas que constituem o nosso dia a dia. E com você, leitor, não é diferente. Quem nunca quis ser um super-homem ou outro herói qualquer e salvar a humanidade? Ou piloto de Fórmula 1 e ganhar o título de campeão mundial? Ou, ainda, um soldado destemido que vai à guerra e vence o inimigo? E você, leitora, deve estar pensando: "Isso é coisa de menino!". Pode ser, mas meninas também sonham... Ser aeromoça ou *top model* e conhecer muitos países e várias pessoas; ou uma atriz famosa e contracenar com Leonardo DiCaprio...

Enfim, o ser humano não se contenta com sua vida real e está sempre em busca de aventuras. É o que aconteceu com Lelé, que sempre sonhou ser detetive e acabou se envolvendo em uma operação policial contra o tráfico de crianças. Mas nem só de bandidos vive esta história. Há também a família, a turma da escola, o diário secreto e um grande amor...

■ Analisando o texto

1. Lelé é o protagonista desta história, pois sua vontade de ser detetive é que provoca o desenrolar dos fatos narrados. Tanto na escola quanto na favela, encontra personagens que se opõem às suas ações. Quem são eles?

R.: _____

_____

2. Logo no início da narrativa, Lelé demonstra sua vocação para detetive. Indique uma passagem do texto em que o personagem revela inteligência e raciocínio para desvendar mistérios.

R.: _____

_____

_____

3. Dizem os jornais que a violência nas escolas tem aumentado. A história de Lelé parece confirmar esse diagnóstico.
O que Lelé e seus colegas fazem quando são agredidos?

R.: _____

_____

4. Qual é o objetivo de Lelé ao procurar uma academia de kung-fu?

R.: _____

_____

5. Assim como Lelé, outros garotos acham que o aprendizado de uma luta marcial pode garantir sua integridade física.
Qual a opinião do japonês da lavanderia sobre isso? Justifique sua resposta com uma passagem do texto.

R.: _____

_____

_____

_____

_____

6. Qual

R.: _____

Para qualquer comunicação sobre a obra, entre em contato:

SARAIVA Educação S.A.
Avenida das Nações Unidas, 7221 – Pinheiros
CEP 05425-902 – São Paulo – SP
Tel.: (0xx11) 4003-3061
www.editorasaraiva.com.br
atendimento@aticascipione.com.br

Escola: _____

Nome: _____

_____

Ano: _____ Número: _____

Esta proposta de trabalho é parte integrante da obra *Lelé da Cuca, detetive especial*. Não pode ser vendida sepa

atitude de Malu diante das agressões sofridas por Lelé?

R.: _____

_____

_____

Observe o título deste livro: "Lelé da Cuca". Nele há ambiguidade, pois a expressão pode ser tomada em dois sentidos diferentes. Quais são eles?

R.: _____

_____

_____

_____

Linguagem

8. Muitas vezes, ao longo do texto, ocorre o uso dos parênteses. Seu emprego tem diversas funções. Exemplifique cada uma delas com exemplos retirados do livro:

a) Algumas vezes os parênteses são usados pelo narrador para acrescentar alguma informação sobre os personagens.

R.: _____

_____

_____

_____

_____

b) Em algumas ocasiões, os parênteses trazem comentários e reflexões do protagonista.

R.: _____

_____

_____

_____

_____

c) Os parênteses podem conter apenas comentários do narrador, que procura demonstrar proximidade e afeto em relação a Lelé.

R.: _____

_____

_____

_____

_____

9. Alemão é um traficante de *crack*. Em sua conversa com Lelé, ele usa várias expressões que são próprias de seu grupo social.
Observe as gírias abaixo e dê seu significado, empregando a norma culta.
a) "Eu tô levando numa boa."

R.: _____

_____

b) "Ô, seus manés, conseguiram chegar!"

R.: _____

_____

c) "Cadê o ouro?"

R.: _____

_____

d) "Agora... área, moçada! Vão vazando."

R.: _____

_____

■ Redigindo

10. Vamos mudar um pouco a história do autor. Escreva outra narrativa de ficção. Na sua, Cuca e Malu se conhecem, e as duas garotas disputam o amor de Lelé. Malu deve ser a escolhida. O que ela fez para conquistá-lo?
Use narrador de terceira pessoa onisciente, ou seja, aquele que não participa dos fatos, mas sabe tudo o que se passa com os personagens.

11. Em seu *Diário Investigativo*, Lelé registra seus casos policiais e amorosos.
Invente um diário e nele registre suas dúvidas e preocupações, organizando-as em casos. Vale tudo: dinheiro, esportes, namoro, provas, família...
Atenção: se você vai escrever um diário, os pronomes e os verbos devem estar em primeira pessoa.

Pesquisando

12. Sherlock Holmes é o detetive mais famoso da ficção policial e foi criado por Conan Doyle. Procure mais informações sobre este escritor e faça uma lista com as principais características de seu personagem.

13. Se tiver condições, leia *Um estudo em vermelho*, de Conan Doyle, e conte, de forma resumida, a história para seus colegas.

14. Concurso: "O melhor conto policial".

Atividade interdisciplinar

15. Procure seu professor de ciências e peça uma explicação sobre a composição química do *crack* e seus efeitos sobre o ser humano.
Depois faça um cartaz contendo as principais informações obtidas. Não se esqueça de ilustrá-las, pois o cartaz é um veículo de comunicação que exige palavra e imagem. Fixe seu trabalho no mural de sua classe ou no corredor de sua escola.

Sugestões de leitura

ALMEIDA, Lúcia Machado de. *O escaravelho do diabo*. São Paulo, Ática, 1998.
ALVES, Januária Cristina. *Amor — perdidos e achados*. São Paulo, FTD, 1994.
MARINHO, João Carlos. *O gênio do crime*. 24. ed. São Paulo, Parma, 1985.
Para gostar de ler. V. 12 — Histórias de detetive. São Paulo, Ática, 1995.
VON LINSINGEN, Luana. *A casa de Hans Kunst*. São Paulo, Saraiva, 1997.

Quando era criança e lhe perguntavam o que queria ser "quando crescesse", Antonio respondia: médico e escritor. Bem, o tempo passou e ele acabou cursando a faculdade de Cinema, confirmando sua vocação para contar histórias.

Antonio passou dos roteiros para os livros, mas manteve o tema: a adolescência. "Acho que esse período da minha vida foi muito tranquilo, sem grandes acontecimentos. Então, para curtir um pouco mais o meu passado, eu fico inventando histórias com adoles-centes", ele diz, e depois ri: "Essa explicação parece meio boba, né? Mas não consigo pensar em nenhuma melhor".

Qualquer que seja o motivo, Antonio se estabeleceu como escritor para jovens. *Lelé da Cuca, detetive especial* é uma de suas obras destinadas a esse público. Mas apresenta algumas diferenças em relação a outros livros de sua autoria: "*Lelé da Cuca* é uma aventura", ele explica. "Sempre fui fã de histórias policiais e, em especial, das de Sherlock Holmes. O legal do Lelé é que ele é um garoto pequeno, tímido. Apanha dos outros caras da escola e não se dá bem com as meninas. Aí, para virar a mesa, ele só conta com raciocínio e caráter. Que podem ser o bastante, se bem usados."

Antonio Carlos Vilela

COLEÇÃO JABUTI

- Adeus, escola ▼◆🗐☒
- Amazônia
- Anjos do mar
- Aprendendo a viver ◆⌘■
- Aqui dentro há um longe imenso
- Artista na ponte num dia de chuva e neblina, O ✻★⌘
- Aventura na França
- Awankana ✎☆⌘
- Baleias não dizem adeus ✻📖⌘O
- Bilhetinhos ✪
- Blog da Marina, O ⌘✎
- Boa de garfo e outros contos ◆✎⌘⌘
- Bonequeiro de sucata, O
- Borboletas na chuva
- Botão grená, O ▼✎
- Braçoabraço ▼⟲
- Caderno de segredos ❑◎✎📖⌘O
- Carrego no peito
- Carta do pirata francês, A ✎
- Casa de Hans Kunst, A
- Cavaleiro das palavras, O ★
- Cérbero, o navio do inferno 📖☑⌘
- Charadas para qualquer Sherlock
- Chico, Edu e o nono ano
- Clube dos Leitores de Histórias Tristes ✎
- Com o coração do outro lado do mundo ■
- Conquista da vida, A
- Da matéria dos sonhos 📖☑⌘
- De Paris, com amor ❑◎★📖⌘☒⌘
- De sonhar também se vive...
- Debaixo da ingazeira da praça
- Desafio nas missões
- Desafios do rebelde, Os
- Desprezados F. C.
- Deusa da minha rua, A 📖⌘O
- Devezenquandário de Leila Rosa Canguçu ➔
- Dúvidas, segredos e descobertas
- É tudo mentira
- Enigma dos chimpanzés, O
- Enquanto meu amor não vem ●✎⌘
- Escandaloso teatro das virtudes, O ➔☺

- Espelho maldito ▼✎⌘
- Estava nascendo o dia em que conheceriam o mar
- Estranho doutor Pimenta, O
- Face oculta, A
- Fantasmas ⌘
- Fantasmas da rua do Canto, Os ✎
- Firme como boia ▼⌘O
- Florestania ✎
- Furo de reportagem ❑✪◎📖⟲⌘
- Futuro feito à mão
- Goleiro Leleta, O ▲
- Guerra das sabidas contra os atletas vagais, A
- Hipergame ⟿📖⌘
- História de Lalo, A ⌘
- Histórias do mundo que se foi ▲✎O
- Homem que não teimava, O ◎✪📖⟲O
- Ilhados
- Ingênuo? Nem tanto...
- Jeitão da turma, O ✎O
- Lelé da Cuca, detetive especial ☑✪
- Leo na corda bamba
- Lia e o sétimo ano ✎■
- Luana Carranca
- Machado e Juca †▼●☞☑⌘
- Mágica para cegos
- Mariana e o lobo Mall 📖⌘
- Márika e o oitavo ano ■
- Marília, mar e ilha 🗐☜✎
- Matéria de delicadeza ✎☞⌘
- Melhores dias virão
- Memórias mal-assombradas de um fantasma canhoto
- Menino e o mar, O ✎
- Miguel e o sexto ano ✎
- Miopia e outros contos insólitos
- Mistério mora ao lado, O ▼✪
- Mochila, A
- Motorista que contava assustadoras histórias de amor, O ▼●🗐⌘
- Na mesma sintonia ⌘■
- Na trilha do mamute ■✎☞⌘
- Não se esqueçam da rosa ♠⌘
- Nos passos da dança

- Oh, Coração!
- Passado nas mãos de Sandra, O ▼◎⌘O
- Perseguição
- Porta a porta ■🗐❑◎✎⌘⌘
- Porta do meu coração, A ◆⟲
- Primeiro amor
- Quero ser belo ☑
- Redes solidárias ◎▲❑✎⟲⌘
- Reportagem mortal
- romeu@julieta.com.br ❑🗐⌘⌘
- Rua 46 †❑◎⌘⌘
- Sabor de vitória 🗐⌘O
- Sambas dos corações partidos, Os
- Savanas
- Segredo de Estado ■☞
- Sete casos do detetive Xulé ■
- Só entre nós – Abelardo e Heloísa 🗐■
- Só não venha de calça branca
- Sofia e outros contos ☺
- Sol é testemunha, O
- Sorveteria, A
- Surpresas da vida
- Táli ☺
- Tanto faz
- Tenemit, a flor de lótus
- Tigre na caverna, O
- Triângulo de fogo
- Última flor de abril, A
- Um anarquista no sótão
- Um dia de matar! ●
- Um e-mail em vermelho
- Um sopro de esperança
- Um trem para outro (?) mundo ✖
- Uma trama perfeita
- U'Yara, rainha amazona
- Vampíria
- Vida no escuro, A
- Viva a poesia viva ●❑◎✎📖⌘O
- Viver melhor ❑◎⌘
- Vô, cadê você?
- Zero a zero

- ★ Prêmio Altamente Recomendável da FNLIJ
- ☆ Prêmio Jabuti
- ✻ Prêmio "João-de-Barro" (MG)
- ▲ Prêmio Adolfo Aizen - UBE
- ☜ Premiado na Bienal Nestlé de Literatura Brasileira
- ☞ Premiado na França e na Espanha
- ☺ Finalista do Prêmio Jabuti
- ✦ Recomendado pela FNLIJ
- ✖ Fundo Municipal de Educação - Petrópolis/RJ
- ✪ Fundação Luís Eduardo Magalhães
- ● CONAE-SP
- ⌘ Salão Capixaba-ES
- ▼ Secretaria Municipal de Educação (RJ)
- ■ Departamento de Bibliotecas Infantojuvenis da Secretaria Municipal da Cultura/SP
- ◆ Programa Uma Biblioteca em cada Município
- ❑ Programa Cantinho de Leitura (GO)
- ♠ Secretaria de Educação de MG/EJA - Ensino Fundamental
- ☞ Acervo Básico da FNLIJ
- ➔ Selecionado pela FNLIJ para a Feira de Bolonha
- ✎ Programa Nacional do Livro Didático
- 📖 Programa Bibliotecas Escolares (MG)
- ⟿ Programa Nacional de Salas de Leitura
- 🗐 Programa Cantinho de Leitura (MG)
- ◎ Programa de Bibliotecas das Escolas Estaduais (GO)
- † Programa Biblioteca do Ensino Médio (PR)
- ⌘ Secretaria Municipal de Educação/SP
- ☒ Programa "Fome de Saber", da Faap (SP)
- ⟲ Secretaria de Educação e Cultura da Bahia
- O Secretaria de Educação e Cultura de Vitória